W0363047

Dino

Rieke Sanders

tanja

Welt, ich komme!

Dino

Die Deutsche Bibliothek – CIP-Einheitsaufnahme

Ein Titeldatensatz für diese Publikation ist bei der Deutschen Bibliothek erhältlich.

Dieses Buch wurde auf chlorfreiem,
umweltfreundlich hergestelltem
Papier gedruckt.

Es entspricht der neuen deutschen Rechtschreibung.

© der Printfassung 2000 by Dino entertainment AG,
Rotebühlstraße 87, 70178 Stuttgart
Alle Rechte vorbehalten
© WWF; Lizenz: Berengar Pfahl Film, Buschenhausen, 42781 Haan
Das Buch wurde auf Grundlage der Serie „Tanja" verfasst.
© ARD-Werbung
Titelfoto: Hardy Brackmann, Hamburg
Umschlaggestaltung: tab werbung GmbH, Stuttgart
Satz: Greiner & Reichel, Köln
Druck: Graphischer Großbetrieb GmbH, Pößneck
ISBN: 3-89748-218-5

Dino entertainment AG im Internet: www.dinoAG.de
Bücher – Magazine – Comics

1.
Tanja ist zurück

Der ganze Strand war erfüllt von lauter Musik und die Luft vibrierte förmlich. Tanja musste unwillkürlich lächeln: Das war der Sound, den sie immer spielten – sie, Felix, Nils und die anderen. Ein guter Groov, rockig und melancholisch zugleich.

Als sie sich den Freunden näherte, entdeckte sie neben einem Lieferwagen zwei riesige Lautsprecherboxen. Im Sand standen Bierkästen, Holzkohletüten und Salatschüsseln: Alles war bereit für eine Strandparty.

Tanja hielt einen Augenblick inne und zog die Jeansjacke enger um ihre Schultern. Sie fröstelte ein wenig, doch wenn sie sich bewegte, ging es. Glücklich schloss sie die Augen und hielt ihr Gesicht in den Wind. Sie genoss die Seeluft in vollen Zügen. Dieser ganz spezielle Duft, der hatte ihr gefehlt in Amerika. Schon zum zweiten Mal war sie für die Firma in New York gewesen. Klar, es war aufregend und wahnsinnig interessant dort zu arbeiten und zu wohnen, trotzdem hatte sie jedes Mal Heimweh nach Warnemünde und den Freunden. Und sie hatte Felix natürlich total vermisst.

„Hi! Wollt ihr den ganzen Strand abfackeln?“ Tanja hatte sich unbemerkt an die Clique herangeschlichen und zeigte lachend auf den Grill. Jola hatte mit Benzin eine riesige Stichflamme verursacht.

„Na endlich!“, rief Nils, als er Tanja erblickte. „Wir haben schon gedacht, du und Felix, ihr kommt überhaupt nicht mehr aus dem Bett raus!“

„Wieso?“ Tanja zog betont unschuldig die Augenbrauen hoch.

„Du hast dich, seit du da bist, kein einziges Mal bei uns gemeldet!“ Jolas Stimme klang vorwurfsvoll. Doch das breite Grinsen in ihrem Gesicht zeigte, wie sehr sie sich über Tanjas Anblick freute.

„Manchmal muss man eben Prioritäten setzen“, erwiderte Tanja verschmitzt. Sie dachte an die letzten zwei Tage mit Felix. Sie hatten tatsächlich eine Menge Zeit im Bett verbracht, hatten lange geschlafen und geschmust. Wie sehr hatte sie Felix’ Zärtlichkeit in Amerika vermisst, jetzt wollte sie ihn am liebsten nicht mehr loslassen. Allerdings lag ihr enormes Schlafbedürfnis auch an dem Jetlag! Der Zeitunterschied zwischen New York und Deutschland betrug immerhin zehn Stunden, und das steckte man nicht so einfach weg.

„Wo ist eigentlich Felix?“, wollte Nils wissen.

„Ich treffe ihn später“, erklärte Tanja. Felix hatte sich mit ihr verabredet, weil er ihr unbedingt was ‚ganz Tolles‘ zeigen wollte. Eine Überraschung! Tanja lächelte. Lieber wäre sie mit ihm zusammen auf die Strandparty gegangen. Für Überraschungen hatte sie heute nicht so viel übrig. Aber Felix hatte darauf bestanden und unheimlich geheimnisvoll getan.

„Schön, dass du wieder da bist“, unterbrach Jola ihre Gedanken. Tanja drehte sich um und ehe sie sich versah, hatte ihre Kusine beide Arme um sie geschlungen. Nach einer Weile machte Tanja sich los und schaute sich suchend nach Jolas Baby um. „Wo ist denn Julian?“

„Deine Mutter passt auf ihn auf, sie ...“, setzte Jola zu einer Erklärung an, doch Max schnitt ihr das Wort ab. „So, jetzt bin ich mal dran“, verkündete er ungeduldig und nahm Tanja energisch in den Arm.

„Max!“ Tanja drückte den Freund an sich. „Wann ist die nächste Probe? Ich muss unbedingt bald wieder Bass spielen!“

„Wir können sofort anfangen!“, schlug Max lachend vor. Doch Nils nahm entschlossen Tanjas Hand. „Moment mal! Jetzt ist erst mal Party angesagt“, bemerkte er in gespielt strengem Tonfall. „Die Rückkehr muss schließlich gefeiert werden.“

Tanja hatte die Partys am Strand immer ganz besonders geliebt. Mit den Freunden zusammen sein, quatschen, Musik hören, tanzen ... Es kam ihr fast so vor, als wäre sie nie weg gewesen.

Sie schaute zu den anderen: Max, Juri und Chris hatten es sich auf den Bierkästen bequem gemacht. Tanja grinste: Auch wenn jetzt Partytime war, sie freute sich wahnsinnig darauf, wieder mit ihnen Musik zu machen. Ob das mit dem Spielen überhaupt noch klappt?, überlegte sie einen kurzen Moment lang. Immerhin hatte sie den Bass auch dieses Mal nicht mit in New York gehabt …

Ihr Blick glitt hinüber zu Jola. Mit roten Wangen stand sie am Grill und drehte die Schaschlickspieße. Sie sah richtig gut aus, erholt und glücklich. Gott sei Dank hatten Tanjas Eltern ihr damals den Platz im Mutter-Kind-Heim in Warnemünde beschafft … Hier hatte sie ihr Leben echt in den Griff bekommen. Tanja grinste und schaute zu Nils rüber: Seine braunen Haare standen wie immer in alle Himmelsrichtungen und er kümmerte sich eifrig um die Musik. Nach allem, was Felix erzählt hatte, war Nils nicht ganz unschuldig an Jolas Glück: Die beiden waren seit einiger Zeit zusammen. Tanja freute sich für sie. Jola war nicht nur ihre Kusine, sondern auch ihre beste Freundin, und einen besseren Kumpel als Nils konnte Tanja sich nicht wünschen. Dass die beiden ein Paar waren, passte irgendwie! Sie waren beide … wie sollte man sagen: ein wenig flippig. Jola hatte es nicht immer leicht gehabt als allein erziehende Mutter. So ausgeglichen und fröhlich, wie sie jetzt wirkte, konnte man sich kaum vorstellen, dass sie mal tablettensüchtig war. Und Nils war ein Chaot, ohne festen Job und mit tausend Plänen im Kopf, aber superlieb und zuverlässig. Für seine Freunde tat er echt alles.

Sogar Bianca war gekommen, um Tanja zu begrüßen – die langen blonden Haare zum Zopf gebunden und schick gemacht wie immer. Aber das war eben Bianca. Tanja würde niemals richtig warm werden mit ihr. Viel zu oft hatten sie unterschiedliche Ansichten, aber Bianca gehörte eben dazu.

„Hi, Tanja, setz dich zu uns, die Party ist eröffnet", rief Max zu ihr rüber. Tanja nickte und griff in ihre Tasche. „Hier. Hab ich euch mitgebracht: Fortune cookies!" Sie reichte Max, Chris und Juri ein Plätzchen. Ratlos drehten sie die Kekse in ihren Händen. „Das sind Glückskekse", erläuterte Tanja amüsiert.

Max riss das kleine Tütchen sofort auf: „Wird man glücklich, wenn man die isst?" Gerade wollte er sich den Keks in den Mund stecken.

„Stopp!", unterbrach Tanja. „Zuerst aufbrechen und reinschauen." Sie nahm Max den Keks aus der Hand, brach ihn auseinander und zog einen kleinen Zettel heraus. „Da steht deine Zukunft drauf: ‚Changes will come soon.' – Veränderungen bahnen sich an …" Mit einem amüsierten Lächeln gab sie dem erstaunten Max den Keks wieder zurück. „Aufessen musst du ihn schon selber, sonst gilt es nicht."

Dann war die Reihe an Jola. Sie versuchte ihren Zettel zu lesen, musste aber zugeben, dass sie gar kein Englisch konnte. Tanja nahm den Zettel: „‚You can take a rest in luxury.' – Du kannst dich bald in Luxus ausruhen!" Jola strahlte. „Wow! Kann ich noch eins haben?"

„Klar!", grinste Tanja und ging weiter zu Bianca. Aus ihrem Rucksack zog sie eine Schirmmütze. ‚Columbia University in New York' stand in weißen Lettern darauf. „Für dich!", sagte Tanja und hielt Bianca die Mütze entgegen.

„Mensch super, du hast daran gedacht?!" Bianca freute sich ehrlich und warf Tanja einen dankbaren Blick zu.

„Columbia ist out … New York ist in", bemerkte in dem Moment jemand mit hochnäsiger Stimme. Tanja drehte sich um. Eine junge Frau stand vor ihnen. Sie war so Ende zwanzig und wirkte ziemlich burschikos. Bianca machte ein ärgerliches Gesicht und erwiderte schnippisch: „Columbia i s t in New York!"

Tanja beobachtete die beiden einen Augenblick, dann zuckte sie die Schultern. Sie wollte sich nicht einmischen und wandte sich stattdessen dem Grill zu. „Das sieht ja lecker aus!" Vorsichtig nahm sie sich einen Fleischspieß vom Rost.

„Tierisches Eiweiß ist total ungesund. Man kriegt Pickel und irgendwann einen Herzinfarkt!", belehrte die junge Frau sie in strengem Tonfall. Tanja zog verwundert die Augenbrauen hoch. Na, die war ja drauf, dachte sie, versuchte aber freundlich zu bleiben. „Mir schmeckt's“, erklärte sie selbstbewusst und streckte der Fremden die Hand hin: „Ich bin übrigens Tanja.“

„Becki“, kam es kurz angebunden zurück.

Tanja lächelte gezwungen und wandte sich ab. Merkwürdige Frau, diese Becki, dachte sie und ging hinüber zu Nils, der damit beschäftigt war, Musik aufzulegen.

„Nils, wer ist das? Und was macht die hier?“, fragte sie leise. „Das ist Becki!“, flüsterte Nils. „Sie ist Sozialarbeiterin. Eigentlich ein dufter Kerl! Max ist mit ihr zusammen ...“ Tanja nickte ungläubig. Auf sie hatte Becki alles andere als ‚dufte‘ gewirkt. „Und woher kennt ihr sie?“, horchte sie weiter nach.

„Wir wohnen auf dem alten Hausboot in der Nähe vom Hafen. Hat Felix nichts erzählt?“

„Doch!“ Klar hatte er das und Tanja fand die Sache toll. Nils und Jola lebten da und noch ein paar andere. Tanja hatte insgeheim sogar schon mal daran gedacht, wie das wäre, auch auf dem Boot zu leben. Sie hatte die Freunde echt vermisst in Amerika, und jetzt hätte sie sie am liebsten den ganzen Tag um sich gehabt. Und dann wollte sie ja schon seit einer halben Ewigkeit mit Felix zusammenziehen. Das Hausboot war irgendwie genau das Richtige. Dort mit Felix zu wohnen, stellte sie sich klasse vor.

Es ging langsam auf den Abend zu und die Party war in vollem Gang. Tanja tanzte ausgelassen mit Jola im Sand. Es war immer wieder schön zurückzukommen! Sicher, New York war eine irre Stadt! Das quirlige Leben in den Straßen, die Wolkenkratzer und die megacoolen Läden. Dieser Duft der großen weiten Welt …

Aber sie war auch verdammt einsam gewesen! Jetzt genoss sie es, mit den Freunden zusammen zu sein. Gleichzeitig spürte sie eine merkwürdige Unruhe in sich. Irgendwie fand sie es verdammt schwer herauszufinden, wo sie hingehörte und was sie wollte in ihrem Leben.

Plötzlich brach die Musik ab. Irritiert schauten alle zu Nils herüber, doch der zuckte verständnislos die Schultern. Stattdessen kam Schermutzki zufrieden grinsend auf die Clique zu.

„Tag Herr Schermutzki! Würden Sie bitte das Kabel wieder einstecken?“ Nils’ Stimme klang freundlich, aber bestimmt.

„Natürlich! Wenn Sie dieses Gehämmer leiser machen!“ Ärgerlich blickte Schermutzki in die Runde. „Das hier ist ein öffentlicher Strand, wo unsere Gäste Ruhe und Entspannung suchen und keine Disko.“

„Eben!“, erwiderte Nils verschmitzt. „Entspannen Sie sich, Herr Schermutzki. Hören Sie der Musik einfach zu, die trägt Sie fort, egal, wohin sie wollen.“

„Leute wie Sie, Herr Humper, glauben, dass das Gemeinwesen nach der Wende abgeschafft worden ist." Schermutzki hatte erregt den Zeigefinger erhoben und fuchtelte damit in der Luft herum.

Tanja schüttelte den Kopf. Schermutzki! Der würde sich nie ändern. Er arbeitete in der Kurverwaltung mit ihrem Vater zusammen. Seit Tanja denken konnte, versuchte er sich bei den ‚Oberen' einzuschleimen und spielte sich als Hüter von Recht und Ordnung auf.

„Im Übrigen habe ich mit Ihnen und Ihrer gesamten Besatzung noch ein ernstes Wort zu reden", fuhr Schermutzki aufgeregt fort. „Die Stadt wartet seit Wochen auf die Miete für das Boot. Wir haben es Ihnen probeweise zur Verfügung gestellt."

„Keine Sorge, ich treibe das Geld ein", unterbrach Becki Schermutzkis Redefluss.

„Das höre ich ständig. Montag ist Zahltag, dann kommt die Räumungsklage."

„Ohne uns wäre der Kahn doch lange untergegangen", ereiferte sich Max. „Wir schrubben jeden Tag das Deck."

„Das können Sie auch weiterhin gerne tun, wenn Sie die Vertragsbedingungen einhalten." Schermutzki machte eine bedeutungsvolle Pause: „Aber ich sehe weit und breit keine Person mit regelmäßigem Einkommen, die bei Ihrem Chaotenhaufen einziehen will."

Tanja hatte sich die Diskussion schweigend angehört. Jetzt ging sie entschlossen einen Schritt auf Schermutzki zu: „Doch! Ich! Ich ziehe ein." Sie schaute die anderen strahlend an. „Ich habe ein regelmäßiges Einkommen."

Einen Moment lang waren alle still. Tanja schluckte. Sie wunderte sich selbst über ihre Spontaneität. Aber sie hatte auf einmal das Gefühl, dass es genau das war, was sie wollte. Eine WG auf dem Boot! Das war doch mal was Anderes, was Neues und Aufregendes.

„Was guckt ihr so?", unterbrach sie das Schweigen schließlich. „Felix und ich suchen schon lange eine Wohnung! Und auf dem Schiff, das ist doch super!"

Begeistert fingen die Freunde an zu klatschen. Becki streckte Tanja versöhnlich die Hand entgegen: „Klasse, du wirst sehen, die ‚Walter Ulbricht' ist genau der richtige Platz, um nicht so ein Spießer zu werden wie der da!" Sie zeigte auf Schermutzki und alle fingen an zu lachen.

Bianca kam auf Tanja zu. „Was wird Felix dazu sagen?", flüsterte sie und schaute Tanja mit zusammengekniffenen Augen an.

„Felix!" Erschrocken schaute Tanja auf die Uhr. „Auweia! Der wartet auf mich!" Sie ließ Bianca stehen und schnappte sich ihren Rucksack.

„Hey! Die Party ist noch nicht zu Ende!", rief Nils, doch Tanja winkte ab. „Ich komme wieder!" Dann rannte sie zur Uferpromenade. Sie hatte Felix versprochen pünktlich zu sein. Er wollte ihr doch unbedingt seine Überraschung zeigen. Tanja strahlte. Na, jetzt hatte sie auch eine Überraschung für Felix. Der würde sich wundern, wenn er von der Sache mit dem Boot erfuhr.

2.
Eine Villa für Tanja und Felix

Vollkommen außer Atem kam Tanja am Treffpunkt an. „Mensch, da bist du ja endlich!“ Felix stürmte auf sie zu und drückte ihr einen flüchtigen Kuss auf den Mund. „Komm mit!“ Eilig zog er sie hinter sich her.

Sie gingen in Richtung Strand und plötzlich standen sie vor einer alten Jugendstilvilla. „Na, wie findest du die?“ Felix lachte sie neugierig an. Tanja schaute ratlos zu dem alten Gebäude rüber.

„Der ganze obere Stock nur für uns!“, erklärte Felix stolz und legte seinen Arm um sie.

Tanja erstarrte. Der obere Stock? Was redete Felix da? Sie kniff die Augen zusammen und sah ihn von der Seite an. Er grinste über das ganze Gesicht und betrachtete schwärmerisch die Villa. Oh nein, das durfte nicht wahr sein! Felix wollte doch wohl nicht da einziehen? Die Frage konnte sie sich selbst beantworten: Klar wollte er das! Es war genau das, wovon er immer geträumt hatte – eine Wohnung in einer der Strandvillen. Aber sie wollte doch auf das Boot! Nervös trat sie von einem Bein aufs andere. „Felix, ich …“, begann sie unsicher, wurde jedoch von einer fremden Stimme unterbrochen.

„Da sind Sie ja endlich!“ Ein älterer Herr mit grauen Haaren stand vor der Villa und winkte einen LKW ein.

„Ahoi, Kapitän Bredersen! Können wir helfen?“, erkundigte Felix sich freundlich. Der Kapitän winkte ab.

„Ihr könnt schon mal vorgehen“, rief er und warf den beiden den Schlüssel zu.

„Na, dann mal los“, freute sich Felix. Er nahm Tanjas Hand und zog sie in Richtung Tür.

Die Wohnung war schön, musste Tanja zugeben: hohe Wände, Stuckverzierungen an der Decke und Blick auf die Ostsee. Aber das hieß noch lange nicht, dass sie hier einziehen mussten. Sie hatte andere Pläne, sie wollte mit den Freunden auf dem alten Schiff zusammen leben.

„Ich musste zwar alle Register ziehen“, erklärte Felix stolz, „aber ich habe den alten Bredersen überzeugt, dass wir das ideale Paar für diese Wohnung sind.“

Tanja drehte sich mit einem Ruck zu Felix um. „Du hast schon zugesagt?“ Fassungslos starrte sie ihn an.

„Logo“, kam es ganz selbstverständlich von Felix.

„Warum hast du mich nicht vorher gefragt?“ Tanja zog wütend die Augenbrauen zusammen. Das war typisch: Felix traf einfach irgendwelche Entscheidungen über ihren Kopf hinweg.

„Ich wollte dich überraschen!"

„Das ist dir gelungen!", sagte sie verärgert.

„Gefällt dir die Wohnung nicht?" Felix legte seinen Arm beschwichtigend auf ihre Schulter. Tanja blickte ihm in die Augen und versuchte ganz ruhig mit ihm zu sprechen. Es hatte ja keinen Sinn, wenn sie sich jetzt die ganze Zeit stritten.

„Ich weiß auch nicht ... In New York, da waren Millionen von Menschen, aber ich war total einsam. Ich brauch' Leute um mich herum. Bei dem Gedanken, du und ich allein in der Wohnung, da zieht es mir alles zusammen."

„Oh Mann!" Felix zog gekränkt seinen Arm zurück.

„Hey, jetzt sei doch nicht gleich eingeschnappt. Ich will einfach ..." Tanja stockte und blickte aus dem Fenster. Leise sagte sie: „Ich will einfach noch was erleben."

„Danke! Ich hole dir die Sterne vom Himmel, und du willst was erleben!" Felix klang wirklich enttäuscht.

„Außerdem brauchen die auf dem Hausboot jemanden mit einem festen Einkommen und ich habe da zugesagt!"

„Du hast was?" Felix schüttelte entgeistert den Kopf.

„Ja, ich finde den alten Kutter genial!" Trotzig schob Tanja die Unterlippe vor.

„Genial?" Felix wurde lauter. „Wie wäre es, wenn du dich zur Abwechslung mal auf mich einlassen würdest? Meinst du, ich mache mir keine Gedanken, wie es mit uns weitergehen wird?“ Aufgebracht ging er ein paar Schritte auf Tanja zu. „Aber nein, du kommst zurück und ziehst einfach dein Ding durch. Und es ist ganz klar, dass ich da mitmache.“

Tanja öffnete den Mund und wollte etwas sagen, doch dann zog sie es vor zu schweigen. Irgendwie war das hier schief gegangen, dachte sie traurig und folgte Felix nach draußen.

„Das mit dem Boot ist mir ernst!“, erklärte sie leise, aber bestimmt, als sie vor dem Auto standen. Das mit der Wohngemeinschaft hatte sie sich in den Kopf gesetzt und sie würde es durchziehen! Sie schaute Felix gerade in die Augen.

„Was willst du dann dem Kapitän sagen?“, hakte Tanja weiter nach. Doch Felix schüttelte den Kopf. Ganz offensichtlich hatte er keine Lust, weiter über dieses Thema zu reden. „Steig ein“, lenkte er ab. „Lass uns zum Strand fahren. Ich hab jetzt Bock auf Party.“

Freitag, 3. März
So hatte ich mir die Zeit nach meiner Rückkehr nicht vorgestellt. Kaum bin ich ein paar Tage wieder hier, schon habe ich den Superstress mit Felix. Die Party heute Abend war ziemlich schnell zu Ende, jedenfalls für Felix und mich. Felix ist echt sauer, weil ich nicht mit ihm in die Villa ziehen will. Er hat alles or-

ganisiert und wollte mich überraschen. Irgendwie süß von ihm, aber: Nur mit ihm alleine in der Wohnung, das ist mir im Moment echt zu verheiratet! Das können wir noch unser ganzes Leben lang machen. Jetzt will ich Leute um mich herum haben, will Spaß haben. Ne WG auf 'nem Schiff finde ich total klasse. Ich meine, ich würde so gerne mit Felix zusammen leben. Er hat mir riesig gefehlt in New York. Vorher waren wir schließlich fast jeden Tag zusammen. Aber ich will es nicht um jeden Preis. Vielleicht kann ich ihn ja noch überreden, mit auf das Boot zu ziehen. Ich habe ihn doch echt total gerne!!!! Wieso kann er nicht verstehen, dass ich einfach noch mehr vom Leben haben will als nur ihn und mich?

Es war schon spät in der Nacht. Tanja lag neben Felix und starrte in die Dunkelheit. Sie wusste, dass er auch nicht schlafen konnte. Sie waren beide mit den Gedanken bei der Wohnung.

„Du Felix", begann sie und schaute aus den Augenwinkeln zu ihm herüber.

„Ja?"

„Das war total süß, dass du das gemacht hast. Ich meine, die Wohnung ist schön, und das mit dem Kapitän ist schon verrückt." Sie schluckte und rückte etwas näher an ihn heran. „Irgendwie ist das ein Platz, da kriegt man das Gefühl, das ist für immer, da können wir bis zu unserer Silberhochzeit bleiben …"

„Was? Du denkst schon ans Heiraten?“, witzelte Felix versöhnlich und knipste die Nachttischlampe an.

„Jetzt doch nicht!“, kam es lachend von Tanja. Sie war erleichtert, dass Felix offensichtlich nicht mehr sauer war.

„Kannst du dir eigentlich vorstellen, wie sehr ich dich die letzten Monate vermisst habe?“, fragte Felix plötzlich.

„Ich habe dich auch vermisst“, flüsterte sie und fuhr ihm zärtlich mit den Fingerspitzen über die Lippen.

„Und nun?“, fragte Felix und zog die Augenbrauen in die Höhe. Tanja schwieg. „Nun ziehen wir beide in getrennte Wohnungen. Du auf das stinkende Hausboot und ich in die Villa. Das ist doch ein Witz!“

„Wieso stinkendes Hausboot?“ Tanja richtete sich entrüstet im Bett auf. „Du kennst es doch gar nicht!“

„Ach komm. Das riecht man doch Kilometer gegen den Wind: Gemeinschaft, Küchendienst, Putzdienst, Einkaufslisten. ‚Wer hat meine Zahnbürste benutzt?‘ ‚Wieso sind meine weißen Socken plötzlich rosa?‘ und so ein Zeug.“

„Jetzt übertreib nicht so!“ Tanja biss sich ärgerlich auf die Lippen. Klar würde das nicht easy werden, aber sie wollte es ausprobieren. „Okay“, lenkte sie ein. „Ich mache dir einen Vorschlag: Wir ziehen beide aufs Boot, zur Probe, völlig unverbindlich!“

„Zur Probe? Und was soll ich Bredersen sagen?“

Felix runzelte die Stirn. Er fühlte sich sichtlich unwohl bei dem Gedanken.

„Mit dem kann man doch sicher reden! Erklär ihm, dass wir noch ein paar Tage Bedenkzeit brauchen." Tanja blickte Felix flehend an. Warum sagte er nichts? Das war doch ein fairer Vorschlag. „Bitte Felix!", legte sie nach. Felix schwieg und Tanja nahm seine Hand.

„Aber nur, wenn's für einen Tag ist!", erklärte Felix nach einer Weile streng.

Tanja schmiegte sich erleichtert an ihn. Immerhin, für einen Tag wollte Felix es versuchen! Wenn er erst mal auf dem Hausboot war, konnte man ihn ja vielleicht doch noch umstimmen.

Am nächsten Tag lief das Vorstellungsgespräch auf dem Schiff. Becki bestand darauf, die Leute erst mal zu checken, bevor sie einzogen. Tanja nahm das nicht weiter ernst und bestand darauf, schon die Klamotten mitzunehmen. Doch Felix blieb skeptisch.

„Testgespräch! Wenn ich so was schon höre!", ereiferte er sich.

Prompt entwickelte sich das Gespräch zum Fiasko. Becki und Max erklärten, dass es gemeinsame Essenszeiten gab, um Geschirr zu sparen und so. Tanja fand das einigermaßen okay, aber Felix konnte mit so etwas gar nichts anfangen. Tanja musste insgeheim grinsen. Sie wusste ja, wie sehr Felix es hasste, sich an Essenszeiten zu halten. Und irgendwie hatte diese Becki auch einen Knall mit ihren hyperstrengen Regeln. Trotzdem versuchte Tanja zu vermitteln. Sie wollte nicht bei der ersten Schwierigkeit die Flinte ins Korn werfen. Immerhin hatte sie gerade die Miete für das gesamte Boot überwiesen und dadurch die Räumung verhindert. Ihr war es also verdammt ernst mit dem Wohnprojekt.

Doch sie kam nicht weit mit ihren Vermittlungsversuchen, denn plötzlich stand Schermutzki in der Kajütentüre.

„Ich habe das Geld heute überwiesen“, rief Becki, als sie ihn erblickte. Nils erinnerte sie daran, dass es Tanja gewesen war, die das Geld überwiesen hatte. Doch darum ging es offensichtlich nicht. Schermutzki eröffnete ihnen, dass am nächsten Tag der TÜV kommen sollte.

Entgeistert starrten ihn alle an: „Der TÜV?“

„Geamtrevision!“, erklärte Schermutzki kurz angebunden. „Das ist Vorschrift!“

„Aber der Kahn ist doch überhaupt nicht in Ordnung“, stieß Max verzweifelt aus, als Schermutzki gegangen war.

„Verdammt!“, entfuhr es Tanja. „Das ist nur ein Trick, um uns das Schiff wegzunehmen. Jetzt, wo sie die Miete haben, versuchen sie uns eben so rauszukriegen.“

„Dann müssen wir das Schiff in Schuss bringen, damit es durch den TÜV kommt“, ereiferte sich Nils und schlug mit der Faust auf den Tisch.

„Ich glaube, das ist eher was für die Heinzelmännchen. Oder wie sollen wir das alles bis morgen repariert haben?“, gab Max mit leiser Stimme zu bedenken. Eine Weile schwiegen sie ratlos.

„Tja, da hilft nur eins“, warf Tanja plötzlich ein und machte eine bedeutungsvolle Pause. „Wir entführen den Kahn!“ Sie grinste die anderen an.

„Kommt überhaupt nicht infrage!“ Becki schüttelte entschieden den Kopf.

Nils blickte sie kurz an und wandte sich dann an die anderen: „Wer ist dafür?“, fragte er, ohne weiter auf Beckis Einwand zu achten. Langsam hoben die anderen die Hände. Bis auf Becki und Max waren alle dafür. Felix enthielt sich der Stimme.

„So geht das nicht“, unterbrach Becki die Abstimmung. „Ich habe die Verantwortung für die ‚Walter Ulbricht‘, und ich lasse nicht zu, dass das Projekt wegen so einem Schwachsinn gefährdet wird. Schließlich habe ich lange genug dafür gekämpft.“

„Und jetzt willst du auf einmal aufgeben?“ Tanja schüttelte den Kopf. Große Klappe, nichts dahinter, dachte sie verächtlich.

„Hier geht es darum, offiziellen Wohnraum für finanziell schlechter gestellte Jugendliche zu erhalten“, erklärte Becki von oben herab. „Und nicht um einen Abenteuerurlaub à la Käpt’n Hook!“

„Sag ich ja auch nicht“, lenkte Tanja ein. „Aber wenn wir nichts unternehmen, nehmen sie uns das Schiff weg!“

„Das Schiff behalten wollen wir ja alle …“, begann Becki. Sie wurde aber von Felix unterbrochen.

„Aber schließlich zahlt Tanja eure überfällige Miete!“

Becki blitzte ihn wütend an. „Ihr seid offiziell noch nicht aufgenommen!“, fuhr sie ihn an.

„Ach nee! Wer sagt das?“ Tanja schaute Becki angriffslustig an. Die spielte sich hier echt als Oberchef auf. Es war nicht zum Aushalten!

„Es ist noch kein Beschluss gefasst worden“, verteidigte sich Becki.

Tanja schaute zu Felix. Das mit dem Boot konnte sie abhaken. Felix würde niemals mit so einer blöden Kuh zusammenziehen wollen. Doch Felix wirkte seltsamerweise gar nicht entnervt. Er zwinkerte ihr zu und warf dann einen auffordernden Blick in die Runde: „Wer ist dafür, dass wir einziehen?“

3.
Streit ums Hausboot

Samstag, 4. März
Ich war so glücklich, dass Felix wenigstens zum Probewohnen mit aufs Schiff kommen wollte. Bei der Abstimmung hat er mit den anderen dafür gestimmt, dass wir einziehen. Nur Becki war dagegen. Aber das ist jetzt nicht so wichtig. Wichtiger ist, dass Felix mich total reingelegt hat! Nach der Abstimmung war ich fest davon überzeugt, dass jetzt alles klar ist, dass wir also gemeinsam auf das Boot ziehen. Und dann hält er mir den Mietvertrag für die Wohnung unter die Nase: Er hat ihn heute Morgen unterschrieben. Ich war wie vor den Kopf gestoßen. Felix hatte also in Wirklichkeit nie vor, auf das Boot zu ziehen! Er hat geglaubt, die Meckereien von Becki würden mir sowieso die Lust am Boot verderben. Ich meine, er hat Recht, sie ist megaätzend, voll die Nervensäge. Aber so schnell gebe ich doch nicht auf! Ich will auf dem alten Kutter wohnen, und deswegen m u s s er gerettet werden. Wir werden das Schiff entführen, damit die vom TÜV es nicht finden. Felix kann von mir aus machen, was er will.

Am Abend traf sich Tanja mit Nils und Max auf dem Boot. Becki war unterwegs und sammelte Unterschriften für den Erhalt des Schiffes als Wohnboot. Als ob das was nützt, dachte Tanja verächtlich.

„Wir fahren mit dem Kutter zum Schrotthafen", beschloss Nils. „Da sucht ihn garantiert niemand."

„Wenn du meinst!" Tanja verließ sich ganz auf Nils. Sie hatte sowieso keine bessere Idee, und Nils kannte den Hafen in- und auswendig.

Sie waren erst wenige Minuten unterwegs, da spürten sie plötzlich ein hartes Knirschen unter dem Rumpf. Das Schiff ruckte noch ein paar mal hin und her, dann blieb es liegen. Verdammt, was war denn jetzt passiert, dachte Tanja. Sie stürzte zur Reling und blickte angstvoll ins Wasser. Da war nichts zu sehen. Aufgeregt kam Nils von der anderen Seite auf sie zugerannt.

„Wir sind auf Grund gelaufen", rief er ihr zu.

„Und was heißt das?"

„Dass wir herausgezogen werden müssen, da kommen wir mit eigener Kraft nicht raus."

„So ein Mist!"

Sie saßen ganz schön in der Patsche. Verzweifelt schauten sie sich an. Was sollten sie jetzt tun? Plötzlich war vom Ufer her eine Hupe zu hören. Tanja eilte zur Reling und erblickte eine Gestalt. Das war doch …

„Felix!!!!!", schrie sie, so laut sie konnte, und winkte hektisch. Felix winkte zurück. Tanja rief ihm zu, dass sie mit dem Schiff festsaßen.

„Ich hole Hilfe", brüllte er und lief zum Auto.

Mensch, das ist mehr als Glück, dachte Tanja und lehnte sich erleichtert an die Kajütentüre. Aber wieso war Felix überhaupt am Bootssteg? Sie lächelte. Er wollte sie wohl nicht im Stich lassen, obwohl er die ganze Aktion von Anfang an schwachsinnig gefunden hatte. Bange Minuten verstrichen. Was war, wenn es Felix nicht gelang, Hilfe zu holen?

Doch wenig später sah sie einen Schlepper, der sich langsam dem Boot näherte. Niemand anderes als der alte Kapitän Bredersen stand am Steuer. Und neben ihm konnte Tanja Felix erkennen.

Als die beiden die ‚Walter Ulbricht' erreicht hatten, befestigten sie Taue am Boot, und mit einem starken Ruck wurde es vom Grund gezogen.

Nils, Max und Tanja jubelten. Jetzt konnten sie ihre Rettungsaktion für das Boot zu Ende bringen. Tanja ging zur Reling und warf Felix eine Kusshand zu. Danke!, sagte sie leise vor sich hin.

Bredersen zog das Schiff sogar noch bis zum Schrotthafen. Er wollte sicher sein, dass nichts mehr schief ging.

Als sie angelegt hatten, machten sie in Windeseile das Schiff fest und deckten es mit Planen ab. Auch Felix packte mit an.

„Was fällt euch ein? Das ist Schiffsdiebstahl!“, hörten sie plötzlich eine bekannte Stimme schimpfen. Sie drehten sich um und erblickten Becki.

„Hey, wir waren uns einig, dass wir alles versuchen werden, um das Schiff zu retten“, verteidigte Tanja die Aktion.

„Rettung nennst du das! Dir ist anscheinend nicht klar, dass es Leute gibt, die auf das Schiff angewiesen sind!“

„Ich bin auch nicht zum Spaß hier!“, fuhr Tanja sie an.

„Ha! Tussen wie du, die verwöhnten Töchterchen aus besseren Kreisen, ihr denkt, ihr könnt überall ein bisschen mitmischen, mal ein bisschen Abenteuerurlaub, mal ein bisschen Hausbesetzung …“

„So ein Quatsch!“ Tanja entfernte sich wütend. Konnte man diese dämliche Tante nicht abwählen? Wieso mischte sie sich überall ein? Warum glaubte sie immer alles besser zu wissen?

„Warte!“, rief Felix und eilte zu ihr hin. „Lass uns den Kapitän nach Hause fahren, dann können wir reden.“

Tanja nickte und lehnte sich an ihn. Sie wusste auch, dass sie miteinander reden mussten. Die Sache mit der Wohnung war noch nicht ausgestanden: Felix stand mit seinem unterschriebenen Mietvertrag da und sie entführte gerade ein Schiff, damit sie darauf leben konnte. Vielleicht hatte Felix ja doch Recht, und die Wohnung war das Richtige für sie …

Tanja und Felix fuhren mit Bredersen zur Villa und halfen dem Kapitän noch einige Sachen in seine Wohnung zu tragen.

„Trinkt ihr noch einen Kaffee?“, fragte er.

„Gerne!“ Felix und Tanja nickten dankbar. Tanja schaute sich um: Eine gemütliche Küche hatte der Kapitän. Wie lange er wohl schon alleine war? Felix hatte ihr erzählt, dass Bredersens Frau nicht mehr lebte.

„Ihr müsstet das Boot umwandeln lassen“, unterbrach der Kapitän Tanjas Gedanken.

„Wir müssen was?“ Tanja starrte ihn verständnislos an. „Ja, das Schiff müsste zum Traditonsschiff umgewandelt werden. Das heißt, es steht dann quasi unter Denkmalschutz, weil es doch schon so alt ist, und ’ne Menge erlebt hat. Dann kann man es nicht einfach verschrotten oder ein Museum daraus machen. Das ist nämlich der Plan von Schermutzki. Ich habe gehört, dass er ein Museum zur DDR-Vergangenheit auf dem Kutter einrichten will.“

Tanja hörte staunend zu. Es gab doch noch Rettung? Sie schielte zu Felix rüber, der verzweifelt die Augen rollte. Es war ihm sicher nicht Recht, dass ausgerechnet sein Vermieter ihr Ratschläge für die Rettung des Bootes gab. Aber was Bredersen sagte, leuchtete ihr ein. Jetzt war schnelles Handeln gefragt.

„Das muss ich den anderen sagen!“, rief Tanja und

stürmte los, ohne eine Reaktion von Felix abzuwarten.

Tanja fuhr mit dem Auto zum Schiff rüber und trommelte eilig die ganze Mannschaft zusammen. Atemlos erzählte sie von Bredersens Vorschlag.

„Das Schiff in ein so genanntes Traditionsschiff umwandeln zu lassen, ist bei der Geschichte, die es auf dem Buckel hat, überhaupt kein Problem.“ Begeistert schaute Tanja in die Runde. Alle machten ein glückliches Gesicht, nur Becki blickte skeptisch.

„Und wieso sollen die uns das Schiff nicht trotzdem wegnehmen?“

„Weil dieses dämliche Museum, das Schermutzki hier einrichten will und die Tradition dieses Kutters nicht zusammenpassen“, erläuterte Tanja. „Das ginge nur, wenn man ein Museum eröffnen wollte, das direkt mit der Geschichte des Schiffes zu tun hat. Na, und das will niemand.“

„Und das soll heißen, wir können hier wohnen bleiben?“ Becki schaute Tanja ungläubig an.

„Wenn wir dich nicht hätten“, mischte Nils sich ein und legte stolz seinen Arm um Tanja.

„Dann wäre uns viel Ärger erspart geblieben“, motzte Becki.

Jetzt reichte es aber wirklich. Tanja war außer sich vor Wut. Auf einem Boot mit Becki, das würde die

Hölle werden. Die hatte immer was zu meckern, immer noch einen Spruch draufzusetzen.

„Weißt du was? Du kannst mich mal“, brach es plötzlich aus Tanja heraus. „Ich werde nicht bei euch wohnen. Noch nicht mal zur Probe!“

So, jetzt war die Entscheidung gefallen. Sie straffte die Schultern und schaute Becki abfällig an.

Nils und die anderen protestierten entsetzt, doch Tanja schüttelte den Kopf. Nein, ihr Entschluss stand fest.

„Ich hol nur noch meine Sachen. Dann gehört das Schiff wieder dir“, bemerkte sie in Beckis Richtung und ging zur Kajüte. An der Türe drehte sie sich noch einmal kurz um: „Und die Miete, die ich gezahlt habe, kannst du als Spende betrachten.“

Tanja spürte, wie sich Erleichterung in ihr breit machte. Sie hatte die richtige Entscheidung getroffen, das wusste sie genau.

Sie stieß die Kajütentüre auf und blieb wie angewurzelt stehen: Vor ihr stand Felix und packte seine Klamotten. Sie hatte gar nicht bemerkt, dass er an Bord gekommen war.

„Felix? Was machst du denn da?“

„Ich zieh zu Bredersen!“, sagte Felix leise und schaute zu ihr herüber. Tanja trat verlegen von einem Fuß auf den anderen. „Vielleicht findest du jemanden, der mit dir einzieht?“

„Du meinst, so WG-mäßig?“ Felix’ Stimme klang

skeptisch. „Naja, du musst natürlich jemanden finden, mit dem du dich verstehst“, bemerkte Tanja verschmitzt und blinzelte ihn an. „Jemanden, den es nicht stört, dass du manchmal schnarchst, dass du anderen die Süßigkeiten wegisst und prinzipiell die Zahnpastatube nicht ausdrückst …“

Felix’ Mund verzog sich zu einem Lächeln. Er schien zu kapieren, was sie meinte. Langsam ging er auf Tanja zu und nahm sie in den Arm. „Ist das wahr?“, fragte er erfreut.

„Jaaa“, antwortete Tanja leise und schmiegte sich an ihn. „Ich komme mit dir.“

Dienstag, 21. März
Die letzten Wochen waren wirklich aufregend. Jetzt lebe ich tatsächlich mit Felix in einer wunderschönen Wohnung. Es macht echt Spaß! Ich meine, wir streiten uns auch, darüber, wo man welches Möbelstück hinstellt oder so. Aber da weiß ich wenigstens, warum ich mich streite. Ich meine, wenn zwei grundsätzlich am selben Strang ziehen, dann ist es okay, dass man auch mal aneinander knallt. Wenn ich sauer auf Felix bin, dann weil er mir wichtig ist, weil ich ihn gerne habe und er mich verletzen kann.

Meine Angst, dass das alles zu eng ist, war echt unnötig. Und langweilig ist mein Leben jetzt auch nicht. Mein Job bringt mir zurzeit Aufregung genug: Mein Ausbildungschef, der Köhler, hat vorgeschlagen, mich zu einer Außenstelle der Reederei nach Dakar in Afrika mitzunehmen. Wow! Köhler ist zwar ein Idiot, und unser Verhältnis hat sich während der ganzen Zeit, in der ich bei der Reederei arbeite, nicht gebessert, aber ich werde fahren. So eine Gelegenheit kann ich mir einfach nicht entgehen lassen. Auch wenn ich Felix unendlich vermissen werde.

4.
Wiedersehen in Dakar

„Felix, hast du meine Sonnenmilch gesehen?“ Tanja flitzte aufgeregt durch die Wohnung. In zwei Stunden musste sie am Flughafen sein und sie hatte immer noch nicht fertig gepackt.

„Sonnenmilch?“ Felix schaute sie ratlos an.

„Ja, Sonnenmilch! Oder willst du, dass ich mir da unten in Afrika die Haut verbrenne?“

Tanja verdrehte lachend die Augen. Felix! Irgendwie war er in letzter Zeit ziemlich zerstreut und bekam immer nur die Hälfte von dem mit, was sie ihm gerade erzählte.

„Ah, da ist ja noch ein Rest“, verkündete sie und hielt triumphierend die Sonnenmilch in die Höhe.

„Du bist der weltbeste Sucher, den ich kenne“, gab Felix amüsiert zu und nahm sie in den Arm.

Tanja schmiegte sich an ihn. „Ich bin echt aufgeregt. Afrika! Das erscheint mir so unheimlich weit weg, so fremd und unerreichbar. Und jetzt fliege ich dahin, einfach so!“

„Und bekommst schon in zwei Wochen Besuch!“

Tanja lächelte. Als ob sie das vergessen könnte. Darauf freute sie sich fast am meisten: Felix wollte für ein paar Tage nachkommen und mal ein bisschen auftanken.

„Ich muss los“, bemerkte er plötzlich mit einem Blick auf die Uhr. „Aber wir sehen uns ja bald …“

„Ja, trotzdem hasse ich Abschiede“, murmelte Tanja. Es war so, als wäre sie gerade erst angekommen und schon sollte sie Felix wieder verlassen.

„Ich freue mich jetzt schon auf dich!“, sagte er und nahm sie in den Arm. Er gab ihr einen langen zärtlichen Kuss, dann drehte er sich um und ging.

Tanja blickte zur Tür, die hinter ihm ins Schloss gefallen war. Dann seufzte sie und schaute auf den Koffer. Sie musste weitermachen, sonst würde sie das Flugzeug noch verpassen …

Mittwoch, 5. April

Es kommt mir vor, als wär ich gestern erst von Warnemünde abgeflogen. Dabei ist das schon knapp zwei Wochen her! Aber die Zeit scheint hier in Afrika noch schneller zu vergehen als daheim. Irgendwie habe ich überhaupt keine Gelegenheit gehabt, Tagebuch zu schreiben: Köhler hält mich ganz schön auf Trab. Die Reederei hier steckt in den roten Zahlen. Jetzt will er die Fehlerquelle ausfindig machen und ich soll ihm dabei helfen!

Ich bin froh, wenn ich nach Feierabend mal ne Stunde alleine durch die Stadt komme. Hier ist echt alles anders, heißer, staubiger, bunter … und irgendwie hat man das Gefühl, die Menschen machen mehr zusammen. Jedenfalls ist es total interessant, das alles mal kennen zu lernen. Immer in Warnemünde, dass würde ich glaube ich nicht aushalten. Abends hat mich Michel manchmal in die Stadt begleitet, ein Einheimischer und Angestellter der Reederei, der ist echt supernett.

Die letzten vier Tage war allerdings Essig mit ‚in Ruhe bummeln gehen'. Paula ist nach hier gekommen. Das ist die Tochter von Köhler. Aber der hat gar keine Zeit für sie. Und wer darf sich ‚ab und zu' um sie kümmern? Ich! Und das, wo Paula ne echte Nervensäge ist. Ständig nörgelt sie an allem herum. Gott sei Dank kommt Felix morgen! Dann kann Köhler sehen, was er mit seiner Paula anfängt, ich hab dann jedenfalls keine Zeit mehr für sie!

„Verdammt, die Maschine von Felix müsste eigentlich schon gelandet sein", erklärte Tanja unruhig. Sie saß mit Michel, Paula und dem Fahrer in einem Jeep der Reederei. Sie waren auf dem Weg zum Flughafen.

„Hast du Angst, dass dein Süßer dir durchbrennt, wenn er mal fünf Minuten warten muss?" Paula blinzelte Tanja herausfordernd an.

Doch Tanja blickte aus dem Fenster. Sie hatte wirklich anderes im Kopf, als sich mit Paula zu streiten. Plötzlich hielt der Wagen mit einem Ruck. Tanja wäre beinahe gegen die Windschutzscheibe geknallt. Was war das denn? Sie schaute nach vorne und sah einen LKW, der die gesamte Straße blockierte. Offensichtlich war irgendwas kaputt an dem Fahrzeug.

„Oh nein, auch das noch!“ Tanja stieg wütend aus dem Auto. In der Ferne konnte sie den Flughafen erkennen. Es waren nur noch ein paar hundert Meter bis dorthin.

„Ich laufe das letzte Stück zu Fuß“, entschied Tanja und wandte sich an Michel. „Du fährst wie verabredet mit Paula zum Strand, ich komme dann mit dem Taxi ins Büro.“

Sie freute sich so sehr, Felix wieder zu sehen und wollte ihn auf keinen Fall verpassen. Atemlos kam sie in der Flughalle an und suchte mit den Augen die Ankunftstafeln ab. Mist! Die Maschine war schon gelandet. Sie lief zu den Wartebänken: Da saßen jede Menge Europäer, doch von Felix keine Spur. Aufgeregt biss sie sich auf die Lippen. War er etwa schon gefahren? Aber er wusste doch gar nicht, wo er hinmusste. Tanja eilte weiter durch die Halle. Plötzlich entdeckte sie ihn: Er stand in einem Telefonshop. Sie schlich sich an ihn heran und legte ihm von hinten die Hände über die Augen.

„Tanja!“ Felix drehte sich mit einem Ruck um, stammelte eine Entschuldigung in den Telefonhörer und schloss sie in die Arme. Tanja drückte Felix ganz fest an sich.

Es tat so gut, ihn wieder zu spüren. Erst jetzt merkte sie, wie sehr sie ihn vermisst hatte …

„Hey, du hast ja die Haare ab!“, rief sie und fuhr ihm über den Kopf. Stand ihm gut, sah irgendwie erwachsener aus.

„Du ja auch!“ Felix strich ihr liebevoll mit seinen Händen durch die schulterlangen Haare. Tanja lachte. Stimmt ja, das hatte sie ganz vergessen. Sie war in der letzten Woche beim Frisör gewesen. Bei der Hitze, die hier herrschte, waren kürzere Haare viel angenehmer.

„Los, komm mit! Ich zeig dir alles!“ Tanja zog Felix hinter sich her, und sie fuhren mit einem Taxi zum Hotel.

Eine Stunde später kam Tanja abgehetzt ins Büro. Mann, war das eine Rennerei, dachte sie. Aber heute wusste sie wenigstens wofür! Sie war vom Hotel schnell zu Fuß ins Büro gelaufen. Sie kannte Köhler! Der tobte, wenn sie nicht pünktlich wieder da war. Aber jetzt schien er gerade andere Sorgen zu haben: Er führte einen heftigen Wortwechsel mit Michel. Er drohte sogar, ihn fristlos zu entlassen, wenn er am Wochenende nicht für ihn arbeiten würde.

„Ich kündige selbst“, erwiderte Michel triumphierend. „Meine Schwester heiratet am Wochenende und da werde ich dabei sein.“, fügte er hinzu. „Es gibt für mich Dinge, die sind wichtiger als die Arbeit!“ Dann drehte er sich auf dem Absatz um und verließ das Büro ohne eine Antwort von Köhler abzuwarten.

„Hat man dafür Worte?“, wandte sich Köhler an Tanja. „Da sehen Sie mal, was für eine Erziehungsarbeit hier in Afrika noch zu leisten ist! Da fangen wir ganz bei Null an!“

Tanja schwieg. Michel tat ihr Leid. Er war echt nett und sie war absolut nicht Köhlers Meinung. Im Gegenteil: Sie konnte Michel nur zustimmen. Es gab Dinge, die waren wichtiger als arbeiten, aber davon hatte ihr dröger Ausbildungschef nicht die geringste Ahnung.

Nichts wie raus hier, dachte Tanja, als ihr Arbeitstag endlich zu Ende war. Sie hatte ihre Badesachen schon dabei und eilte direkt zum Strand.

Sie entdeckte Felix in dem kleinen strohgedeckten Strandcafé. Erschöpft ließ sie sich in einen Korbsessel fallen.

„Das war vielleicht ein Tag!“, stöhnte sie. Gerade wollte sie Felix von Michels Entlassung erzählen, da stand er vor ihnen.

„Ich will Adieu sagen!“ Michel sah Tanja mit einem strahlenden Lachen an. Sie lächelte zurück und wandte sich an Felix:

„Darf ich vorstellen: Das ist Michel! Bis heute haben wir zusammengearbeitet“, sagte sie und erzählte kurz, was passiert war. „Das ist ein Mist mit Köhler“, schloss sie ihre Ausführungen wütend ab.

„Ja, obwohl das mit dem eh nicht lange gut gegangen wäre“, entgegnete Michel. „Ich bin ganz froh, dass ich meine Freiheit wieder habe. Nach dem Studium in Frankfurt habe ich gedacht, der Job wär gut für mich, aber … ich gehe zurück nach Hause.“

„Nach Hause? Wo ist das?“, wollte Felix interessiert wissen.

„Mbour, achtzig Kilometer von hier. Meine Familie lebt da.“ Michel machte eine Pause und holte ein kleines Päckchen aus der Tasche. Er gab es Tanja.

„Ein Dankeschön für deine Hilfe. Die letzten beiden Wochen hast du mir sehr geholfen. Du warst eine tolle Kollegin!“

„Danke“, stammelte Tanja verblüfft und drehte das Päckchen neugierig in der Hand.

„Pack doch mal aus!“, drängelte Felix neugierig.

Tanja lachte und löste das Papier vorsichtig. Zum Vorschein kam ein silbernes Amulett in Form einer flachen Spirale.

„Ein Symbol für das Leben“, erklärte Michel ihr und fuhr mit dem Finger die Spirale entlang. „Wenn du drinnen beginnst, dann nimmst du den Weg beständig nach draußen und kreist doch um dein Inneres. Wenn du außen beginnst, dann begibst du dich nach innen zu dir. In Afrika geht es nur darum: Wie kommst du zu dir selber!“

Michel stand auf und verabschiedete sich. Tanja schaute ihm nach und betrachtete dann das Amulett in ihrer Hand. ‚Wie kommst du zu dir selber', wiederholte sie in Gedanken. Es kam ihr vor, als hätte Michel mit diesem Geschenk ihrer Unruhe Gestalt verliehen. Sie hatte noch nicht zu sich selber gefunden! Sie war sich nicht sicher, ob der Job das Richtige war und sie wusste nicht, ob sie für immer in Warnemünde bleiben wollte … Sie betrachtete Felix: War sie sich der Beziehung sicher? Sie liebte Felix, aber war das genug?

Tanja schüttelte den Kopf. So ein Quatsch! Natürlich war das genug. Hatte sie schon vergessen, wie sehr sie sich auf ihn gefreut hatte die letzten Tage?

Donnerstag, 6. April
Felix ist da! Trotz der Arbeit kam mir der Tag heute wie Urlaub vor. Am Wochenende wollen wir uns die Gegend ein bisschen angucken. Dakar kenne ich jetzt schon, aber Michel hat gesagt, ich müsste mir die Dörfer ansehen, das Leben dort kennen lernen. ‚Nicht die Städte, das Land, das ist Afrika!', hat er immer gesagt. A propos Michel: Er arbeitet nicht mehr für die Reederei. Köhler hat ihn provoziert, und da ist er gegangen. Schade, wir haben uns echt gut verstanden! Was er jetzt wohl machen wird?

„Es hat an der Tür geklopft. Willst du aufmachen?" Felix legte Tanja sanft die Hand auf die Schulter. Es hatte geklopft? Sie hatte gar nichts gehört. Wer das wohl war so spät am Abend?

„Ich bin's", hörte sie die aufgeregte Stimme von Köhler. „Ich muss Sie dringend sprechen, Paula ist weg!"

Tanja öffnete die Tür ihres Hotelzimmers. Köhler sah ganz verstört aus. „Haben Sie eine Ahnung, wo Paula sein kann? Sie ist offenbar vom Strand nicht wieder zurückgekehrt."

Tanja erschrak. Verdammt, dass musste ja passieren: Paula schlich sich Nacht für Nacht davon. Sie traf sich heimlich mit Pierre, einem französischen Studenten, in einer der Diskos in Dakar. Tanja hatte Köhler die vergangenen Tage natürlich nichts davon gesagt. Sie wollte nicht die Petze sein. Außerdem verstand sie Paula auch ein bisschen: Sie langweilte sich zu Tode in Dakar. Ihr Vater hatte nie Zeit für sie.

„Also, wie fange ich da jetzt an", stammelte Tanja und suchte nach Worten. Dann erzählte sie Köhler die Wahrheit. Er war natürlich nicht gerade erfreut, eilte jedoch sofort los, um seine Tochter zu suchen.

„Puh", stöhnte Tanja, als sie die Tür hinter Köhler zugemacht hatte. „Ein Glück, dass wir den am Wochenende nicht sehen."

„Genau!", stimmte Felix ihr gut gelaunt zu und zog sie neben sich aufs Bett. „Und jetzt legen wir die Route für unseren Ausflug fest."

Als Tanja und Felix am nächsten Morgen beim Frühstücksbuffet standen, kam Köhler aufgeregt hinzu. Paula war noch immer nicht aufgetaucht und er machte sich jetzt große Sorgen.

„Ich habe auch bei Pierre angerufen. Er ist ebenfalls nicht da. Seine Eltern haben erzählt, dass er mit Michel befreundet ist, vielleicht weiß er etwas."

Tanja nickte. Das konnte sein. „Die Schwester von Michel will doch heute heiraten", überlegte sie laut. „Also wird Michel dort sein und möglicherweise sind Pierre und Paula auch dort. So eine afrikanische Hochzeit, da soll doch einiges los sein …"

Köhler nickte. Einen Moment lang schwieg er in Gedanken versunken, dann schaute er Tanja bittend an:

„Ich weiß, wir hatten ein freies Wochenende verabredet, aber unter diesen Umständen … Michel und ich, Sie wissen ja, wir sind nicht gerade in bestem Einvernehmen …" Er machte eine bedeutungsvolle Pause und fuhr dann mit eindringlicher Stimme fort: „Ich kann meine Tochter nicht völlig allein durch Afrika streunen lassen! Sie müssen mich zu der Hochzeit begleiten und mit Michel sprechen. Wir müssen Schlimmeres verhindern!"

„Alles klar, Herr Köhler, wir sind dabei!", erwiderte Felix spontan. Tanja erstarrte. Wegen Paula sollte sie ihr Wochenende jetzt mit Köhler verbringen? Wieso konnte der seine Tochter nicht alleine suchen?

Es war schließlich nicht ihre Schuld, dass Köhler Michel gefeuert hatte und sich nun nicht alleine auf der Hochzeit blicken lassen konnte.

„Alles klar, Herr Köhler, wir sind dabei!“, äffte sie Felix nach, als sie wenig später mit ihren Taschen zum Parkplatz gingen.

„Was blieb uns anderes übrig! Das ist doch nun wirklich total schlimm mit Paula! Da müssen wir doch helfen. Ich meine, auf diese Weise kommen wir immerhin kostenlos durch Afrika!“, versuchte Felix sich zu rechtfertigen.

5.
Gefährliche Nähe

„Das ist ja traumhaft schön“, hauchte Tanja, als sie ihr Ziel erreicht hatten. Vor ihnen lag ein weiter Sandstrand, das Meer glitzerte in der Sonne und der Himmel war strahlend blau.

Regungslos blieb sie im Auto sitzen. Für ein paar Sekunden vergaß sie, dass sie wegen Paula hierher gefahren waren und dass Köhler auf der Rückbank saß. „Ich kann manchmal gar nicht glauben, dass mir das alles passiert“, flüsterte sie und ergriff die Hand von Felix. In dem Moment räusperte sich Köhler und Tanja beeilte sich aus dem Auto zu steigen.

Sie näherten sich dem Dorf und erblickten schon von weitem die Hochzeitsgesellschaft. Tänzer und Tänzerinnen bewegten sich im Rhythmus wilder Trommelschläge. Überall saßen oder lagen Menschen auf bunten Tüchern und plauderten.

Tanja ließ den Blick über die Hochzeitsgäste schweifen. Inmitten der Einheimischen war es nicht schwer, Paulas weiße Haut und ihre rotblonden Haare auszumachen. Tanja schaute zu Köhler. Auch er hatte seine Tochter schon entdeckt und stürmte entschlossen auf sie zu.

„Paula! Das ist ja wohl die Höhe! Konntest du nicht ein Wort sagen?“

„Und dann hättest du mich fahren lassen? Das glaubst du doch selber nicht!“ Paula hatte die Fäuste geballt und blitzte ihren Vater mit wütenden Augen an.

„Kannst du dir nicht vorstellen, welche Sorgen ich mir um dich gemacht habe?“, rief Köhler aufgebracht.

„Sorgen? Seit ich in Afrika bin, war ich doch überhaupt nie da für dich! Wenn ich überhaupt je für dich da war!“

Na, das konnte ja heiter werden, dachte Tanja und betrachtete Paula nachdenklich. Sie hatte es auch echt nicht leicht mit Köhler als Vater: Er zeigte ihr nie, dass er sie gern hatte und seine Arbeit ging immer vor. Auch jetzt erklärte er kategorisch, Paula müsse mit nach Dakar kommen, weil er noch zu arbeiten hätte.

„Du wirst sehen, was ich mache“, rief Paula schnippisch. „Mich siehst du nie wieder!“

Sie rannte auf ein Motorrad zu, setzte sich auf den Fahrersitz und startete. Ihr Freund Pierre schaffte es gerade noch hinten aufzuspringen.

Köhler schaute ihr entsetzt nach. „Kommen Sie, wir müssen hinterher!“, rief er Tanja und Felix aufgeregt zu.

„Und dann? Wollen Sie Paula zu Tode jagen?“ Tanja schüttelte energisch den Kopf. Nein, das wäre Wahnsinn. Sie runzelte nachdenklich die Stirn. Vielleicht hatte Michel eine Idee, wo Paula und Pierre hingefahren sein könnten. Sie würde ihn suchen.

„Die wollten irgendwann in den Regenwald. Vielleicht sind sie da. Das ist allerdings ziemlich gefährlich. Erst in der letzten Woche haben Aufständische dort zwei Touristen als Geiseln genommen."

Michel sah nachdenklich aus. Tanja biss sich erschrocken auf die Lippen. Das war jetzt kein Spaß mehr! Sie mussten Paula finden!

Gemeinsam mit Michel eilte sie zu Köhler und erzählte ihm alles. Er wurde bleich. Hilfe suchend wandte er sich an Michel: „Wollen wir im Angesicht dieser Umstände für einen Moment unsere Unstimmigkeiten vergessen?", fragte er. In seiner Stimme war ein flehender Unterton.

„Vergessen nicht, aber zurückstellen", erwiderte Michel selbstsicher. Tanja schmunzelte. Man musste Michel dafür bewundern, wie cool er mit dieser Situation umging. Er hätte sich jetzt an Köhler rächen können, aber das war nicht seine Art.

„Die beiden werden heute Nacht nur bis zum Fluss kommen, die nächste Fähre geht morgen früh bei Sonnenaufgang. Wenn wir Glück haben, finden wir sie vor dem Fluss!", sagte Michel und schaute sich suchend nach dem Auto um.

„Du kommst wirklich mit?", freute sich Tanja und drückte Michel spontan einen Kuss auf die Wange.

Als sie neben Felix zum Wagen ging, spürte sie, dass er sie misstrauisch musterte. Er dachte doch jetzt nicht ernsthaft, dass sie etwas mit Michel… ? Tanja ergriff seine Hand und drückte sie fest. Doch sein zweifelnder Blick blieb.

Nach einigen Kilometern hielten sie an einer Tankstelle. Eine alte Frau verkaufte direkt nebenan allerlei nützliche und hübsche Dinge und Tanja wollte ihr Taschentücher abkaufen. Michel übersetzte und nahm Tanja dabei freundschaftlich in den Arm …

Als sie zum Auto zurückkamen, sah Felix sie wieder mit diesem merkwürdigen Blick an. Tanja gab ihm einen Kuss und hoffte damit seine Zweifel zu zerstreuen. Er musste doch einsehen, dass Michel nur ein Freund war.

Die nächsten Stunden fuhren sie durch die trockene Einöde. Hier war weit und breit kein Haus zu sehen, stattdessen kreuzte plötzlich eine Rinderherde ihren Weg und sie mussten stark bremsen. Tanja klammerte sich erschrocken an ihrem Sitz fest und schaute zu Michel. So von Nahem konnten einem diese Viecher mit ihren Hörnern echt Angst einflößen.

„Wenn wir uns nicht bewegen, tun die uns nichts“, versprach Michel und grinste Tanja an.

„Und wenn nicht?“ Tanja presste sich tiefer in ihren Sitz.

„Sie geraten in Panik, und das ist nicht so lustig!“

Michel hatte seinen Satz gerade beendet, als das letzte Rind die Straße überquerte. Er wollte losfahren, doch Felix forderte ihn aufgeregt auf zu warten.

Felix sprang aus dem Wagen und lief ein paar Meter zu einem Baum. Tanja schaute ihm verwundert hinterher. Doch dann sah auch sie, was Felix entdeckt hatte: Am Straßenrand lag das Motorrad von Pierre.

Gemeinsam mit Köhler und Michel lief Tanja zu Felix. „Die müssen einen Unfall gehabt haben“, überlegte Tanja. „Hoffentlich ist ihnen nichts passiert!“

„Drei Kilometer von hier ist ein Dorf, da werden wir fragen“, beschloss Michel und wollte zum Wagen gehen.

„Und wenn Paula hier lang gegangen ist, weil sie verletzt ist und Hilfe braucht? Ich gehe hier nicht weg!“, kam es von Köhler.

Michel versuchte ihn zu überreden mitzukommen, doch es half nichts: Köhler wollte in der Nähe des Motorrads bleiben.

„Ich finde, Köhler hat Recht. Vielleicht kommt Paula wirklich zum Motorrad zurück“, meinte Felix und erklärte sich bereit, mit ihm zu warten.

„Okay“, entschied Tanja resigniert. „Dann bleiben Felix und Herr Köhler hier, falls Paula auftaucht. Michel und ich fahren ins Dorf. Vielleicht bekommen wir da was über die beiden heraus.“

„Beeilt euch aber, ja?“, bat Felix und sah Tanja eindringlich an. Tanja nickte. Sie war sich nicht ganz sicher, ob seine Sorge wirklich nur den beiden Vermissten galt. Vielleicht war er ja auch beunruhigt, weil sie alleine mit Michel loswollte.

Im Dorf hatte man Pierre und Paula tatsächlich gesehen. Sie waren mit einem Bus zum Fluss unterwegs. Tanja schaute Michel erschrocken an. Am Fluss würden sie mit der Fähre ans andere Ufer übersetzen, und wenn sie erst mal im Regenwald waren… ? Michel dachte offensichtlich dasselbe. Sie stiegen in den Wagen und fuhren los. Jetzt zählte jede Minute: So schnell wie möglich mussten sie zurück zu Köhler und Felix und dann versuchen die Ausreißer an der Fähre zu erwischen.

Michel war gerade aus dem Dorf rausgefahren, da knallte es plötzlich und der Wagen fing an zu holpern.

„Mist! Das war der Reifen!“ Michel hielt an und sie stiegen aus. Doch als sie gerade dabei waren, den Schaden genauer unter die Lupe zu nehmen, brach plötzlich ein heftiges Gewitter los. Schnell stiegen sie wieder in den Wagen.

Tanja blickte angstvoll nach draußen: Die ganze Wüste schien sich gegen sie verschworen zu haben. Es blitzte und donnerte heftig. Ganz schön unheimlich, dachte sie und rückte etwas näher an Michel heran.

„Kann der Blitz eigentlich in ein Auto einschlagen?“, wollte sie besorgt wissen.

Michel lachte und verkündete, dass sie von den physikalischen Gesetzen her gesehen eigentlich in Sicherheit wären.

„Allerdings ist ein Freund von mir vor ein paar Jahren in seinem Auto vom Blitz erschlagen worden“, fügte er nach einer Weile hinzu.

Tanja biss sich nervös auf die Lippen. Es donnerte und sie zuckte zusammen. Michel legte beschützend seinen Arm um sie und nahm das Amulett, das er ihr geschenkt hatte in die Hand.

„Damit kann dir eh nichts passieren!“

„Naja, je nachdem. Die Spirale fängt ja nicht nur an, die endet ja auch!“

„Das stimmt“, gab Michel zu. „Aber wenn es enden soll, kannst du eh nichts dagegen machen.“

Tanja schaute ihn nachdenklich an. Es war vorherbestimmt, wann das Leben enden sollte? An so etwas wie Schicksal hatte sie nie wirklich geglaubt.

„Warum trägst du dieses Lederband um den Arm?“ Tanja wusste, dass es auch so eine Art Talisman war.

„Zum Schutz.“ Michels Stimme klang ernst. „Ähnlich wie dein Amulett.“

„Aber wozu macht man das, wenn alles vorherbestimmt ist?“, warf Tanja verwundert ein.

„Corriger la fortune“, antwortete Michel auf Französisch.

„Das Schicksal korrigieren?“, wiederholte Tanja verwundert.

„Ja, man liefert sich dem Schicksal nicht schutzlos aus! Kämpfen muss man schon."

Das verstand Tanja. Sie war ein Mensch, der immer dafür kämpfte, dass sich Situationen änderten. Einfach so geschah gar nichts auf der Welt. Und auch um das Leben kann man kämpfen, überlegte sie. Sie dachte an ihre Mutter Gaby. Als sie Leukämie hatte, da hatte sie immer dagegen gekämpft – und sie hatte es tatsächlich geschafft, die Krankheit zu besiegen.

Das Gewitter dauerte nicht lange. Schon nach ein paar Minuten konnten Michel und Tanja aus dem Auto steigen, um den Reifen zu wechseln.

„Auch das noch!", rief Michel entsetzt, als er den Kofferraum aufgemacht hatte.

Tanja trat zu ihm. Es war kein Ersatzreifen da. Alles war wie verhext! Ratlos schaute sie zu Michel. Der zuckte die Schultern.

„Dann müssen wir zu Fuß gehen", entschied er und sie machten sich auf den Weg.

Auf der ungeteerten Straße gingen sie zu Felix und Köhler zurück. Die beiden hatten bei einem afrikanischen Bauern in einer Strohhütte vor dem Gewitter Unterschlupf gefunden. Michel erzählte, was passiert war, und schlug vor, den Reifen im nächsten Ort reparieren zu lassen. Köhler wollte in der Hütte bleiben. Es dämmerte schon, und der Bauer hatte ihnen angeboten, bei ihm zu übernachten.

Tanja, Felix und Michel machten sich auf den Weg zum nächsten Ort.

„Ich bin froh, dass ich dich wiederhabe“, flüsterte Felix Tanja ins Ohr. Sie lächelte ihn an. „Ich weiß“, erwiderte sie kess.

„Wir sind da!“, verkündete Michel nach einer Weile. Tanja schaute sich um: Mehrere Hütten bildeten einen Kreis. Michel ging auf den Platz in der Mitte zu, wo einige ältere Männer versammelt waren.

„Der ‚Ältestenrat‘“, erklärte er. „Ich rede mit ihnen wegen dem Reifen. Ihr wartet am besten hier.“ Michel nickte Tanja und Felix kurz zu und entfernte sich.

Felix nahm Tanja in den Arm. „Auch schön, dich mal einen Moment für mich zu haben“, erklärte er. Tanja nickte zerstreut. Sie fühlte sich nicht wohl bei der Umarmung und versuchte sich loszumachen.

„Ich weiß nicht, wie das die Leute hier sehen, wenn wir uns so umarmen“, erklärte sie Felix.

„Spinnst du?“ Er riss erstaunt die Augen auf.

„Kann sein, aber es ist ein mohammedanisches Land. Hast du hier schon Leute gesehen, die Arm in Arm gingen?“

Tanja schaute Felix forschend an. Kapierte er denn nicht, dass hier andere Regeln galten als in Europa?

Es war halt eine andere Kultur, eine andere Religion. Da musste man sich schon ein bisschen anpassen.

„Könnte es nicht etwas anderes sein?“, fragte Felix plötzlich.

„Was?“

„Dass dir das unangenehm ist, weil Michel dabei ist?“

„Sag mal ...“ Tanja fehlten die Worte.

„Meinst du, dass ich das nicht schon längst gemerkt hab ...“ Felix schaute zu Michel und in seinem Blick lag so etwas wie Bewunderung. „Er ist ja auch ein toller Typ“, fuhr er fort. „Ich kann das sogar verstehen.“

„Hör jetzt auf Felix!“, fuhr Tanja ihn an. Dass Felix sie skeptisch angeschaut hatte, das konnte sie noch akzeptieren, aber das hier war ja wohl vollkommen übertrieben.

In dem Moment kam Michel zurück. Er forderte sie auf, ihnen zu folgen. Bei einer Hütte, die wohl so etwas wie ein Café war, blieb er stehen.

„Das mit der Reparatur dauert bis zum Morgen“, informierte er sie und bestellte drei Limos. Dann musterte er Tanja und Felix misstrauisch. Tanja lächelte ihn verlegen an. Oh, Mann, Michel hatte bestimmt gemerkt, dass sie sich in der Wolle hatten. Irgendwie war ihr das total unangenehm.

„Ich bleibe heute Nacht bei einem Freund im Dorf“, entschied Michel und nickte Tanja beruhigend zu. Sie versuchte ihn davon abzubringen. Es war ihr unangenehm, dass er wohl dachte, seine Anwesenheit wäre ein Problem für sie. Aber sie bemühte sich umsonst, Michel verabschiedete sich schnell.

„Er hat gemerkt, dass du was gegen ihn hast“, fauchte Tanja Felix an und zog wütend die Brauen zusammen.

„Nein, er weiß, was sich gehört. Wir müssen ja auch mal alleine sein.“

Tanja nippte schweigend an ihrer Limonade. Plötzlich hörte sie in der Ferne Trommeln und Gesang. Sie schaute in die Richtung, aus der die Musik kam: Ein riesiges Feuer leuchtete in der Dunkelheit und drumherum wurde getanzt.

„Komm, da gehen wir jetzt hin“, forderte Tanja Felix versöhnlich auf. Sie wollte was von Afrika sehen und sich nicht mit Felix streiten. Also würde sie einlenken.

„Es war abgemacht, dass wir nach dem Drink zu Köhler gehen. Der wird sich ja zu Tode ängstigen in der Hütte.“

„Mir kommen gleich die Tränen“, erwiderte Tanja verächtlich. Felix konnte ein richtiger Spielverderber sein. Schließlich waren sie im Senegal und sie wollte etwas von dem Land mitbekommen. Sie versuchte Felix zu überreden, doch der wurde immer abweisender.

„Wenn du unbedingt hier bleiben willst, mach doch, was du willst.“ Mit einem Ruck drehte er sich um und ging davon. Tanja lief hinter ihm her.

„Hey, warte!“, rief sie und hielt ihn fest. „Und was wäre, wenn ich mich jetzt mit Michel beim Tanz verabredet hätte?“ Ihre Stimme klang provozierend.

„Mach doch was du willst“, fuhr Felix sie an. Das werde ich auch, dachte Tanja und schickte Felix einen wütenden Blick hinterher. Dann drehte sie sich um und ging zum Feuer. Michel hatte sich unter die Tanzenden gemischt. Er schaute ihr in die Augen und sein Blick ließ sie nicht mehr los. Es war, als ob er gewusst hätte, dass sie kommen würde.

6.
Die Trommeln Afrikas

Einige Frauen zogen Tanja in den Kreis der Tanzenden. Michel schaute sie immer noch ununterbrochen an, während sein Körper sich im Rhythmus der Musik bewegte.

Tanja war wie in Trance. Der Klang der Trommeln schien direkt auf ihren Körper überzugehen. Das Feuer warf sein unruhiges Licht auf die Gesichter der Tanzenden. Sie schloss die Augen, ihr wurde warm und der Sog der Trommeln riss sie fort.

Nach einer Weile setzte sie sich erschöpft auf eine kleine Mauer. Wie spät es wohl war? Sie hatte keine Ahnung.

„Als ich gestern bei Köhler gekündigt habe, hab ich das gleich wieder bereut." Michel reichte Tanja ein Glas kühles Wasser und setzte sich neben sie.

Tanja blickte ihn von der Seite an. Seine Nähe verwirrte sie.

„Nach der Auseinandersetzung mit Köhler bin ich zu einer Art Priester gegangen", fuhr Michel fort. „Und weißt du, was der mir gesagt hat?"

Tanja schüttelte den Kopf und blickte ihn neugierig an.

„Er hat mir die Kette gegeben, die ich dir geschenkt habe, und gesagt, ich soll sie dem Menschen um den Hals legen, der mir zurzeit am nächsten steht …“

„Red’ nicht weiter Michel, bitte!“ Tanja warf ihm einen flehenden Blick zu. Sie wusste einfach nicht, was sie tun würde, wenn er weiter sprach.

„Doch, du sollst alles wissen“, sagte Michel mit fester Stimme. „Er hat aber auch gesagt: Der Mensch, der dir am nächsten ist, den wirst du verlieren, wenn du ihm zu nahe kommst.“

Tanja sah Michel erleichtert an. „Danke!“, flüsterte sie. „Danke!“

Samstag, 8. April
Es ist schon weit nach Mitternacht. Ich sitze vor irgendeiner Strohhütte mitten in Afrika. Felix liegt drinnen und schläft. Köhler auch. Seine Tochter Paula hat sich aus dem Staub gemacht, um Afrika auf eigene Faust zu erkunden, und wir suchen sie nun. Michel hilft uns.

Michel – er ist so anders als die Männer, die ich kenne, irgendwie faszinierend. Vorhin haben wir zusammen getanzt. Wir haben uns nicht berührt, aber unsere Blicke waren wie Berührungen … Ich weiß nicht, was ich getan hätte, wenn Michel etwas von mir gewollt hätte … Aber Michel ist ganz wunderbar: Ich weiß, dass er sich in mich verliebt hat, aber er weiß, dass ich Felix liebe, und diese Liebe hat er respektiert.

Am nächsten Morgen kam Michel mit einem Lastwagen zur Hütte gefahren. Er warf Tanja einen kurzen Blick zu und wandte sich dann lachend an Felix.

„Wir fahren mit dem LKW. Der Wagen wird erst morgen fertig sein. Kommt, wir müssen uns beeilen."

Innerhalb weniger Minuten waren alle eingestiegen und sie fuhren los. Nach ein paar Kilometern schrie Felix: „Anhalten!" Aufgeregt beugte er sich zu Michel. Er zeigte auf die Straße und Tanja glaubte ihren Augen nicht zu trauen: Da stand Pierre! Paulas Freund.

„Wo ist Paula?", rief Felix atemlos, als er aus dem Wagen gesprungen war.

„Keine Ahnung. Sie ließ sich nicht davon abhalten!"

„Von was?" Köhler war hinzugetreten und hatte die Stirn sorgenvoll in Falten gezogen.

„Sie wollte unbedingt in den Nationalpark."

„Das ist nicht gut ...", bemerkte Michel nachdenklich. „Los, wir müssen in jedem Fall die Fähre erreichen."

Eilig stiegen alle wieder in den Wagen. Pierre blieb zurück. Er hatte offensichtlich die Nase voll von Abenteuern.

Als sie den Anlegeplatz der Fähre erreichten, war von dem Boot weit und breit nichts zu sehen. Michel stieg aus und sprach mit einer Gruppe von Männern, die am Flussufer standen.

„Die Fähre ist kaputt. Paula ist gestern ganz allein mit einem Einheimischen mit dem Kanu rübergefahren!“, erklärte er, als er zurückkam. „Wir können mit dem Motorboot fahren, der junge Mann dort nimmt uns mit.“ Michel zeigte auf ein kleines Boot, das abfahrbereit war.

„Das darf doch nicht ...“ Köhlers Stimme versagte. Er war blass geworden und auf seiner Stirn bildeten sich Schweißperlen. Offensichtlich hatte er einen Schwächeanfall. Tanja eilte zu ihm hin. Wir müssen ans andere Ufer übersetzen, überlegte sie. Aber Köhler konnte in dem Zustand unmöglich mitkommen. Sie biss sich auf die Lippen. Was sollte sie tun?

„Felix, fahr du mit Michel. Wenn ihr Paula findet, kannst du mit ihr sprechen. Ich bleibe hier!“

Felix nickte ihr kurz zu und rannte zu dem Boot. Tanja schaute ihm hinterher und stützte Köhler so gut sie konnte.

„So, setzen Sie sich hierhin und versuchen Sie ganz ruhig zu atmen.“

„Ich habe die halbe Nacht wach gelegen“, begann Köhler auf einmal stockend. „Da zieht das Leben so an einem vorüber, und da habe ich die vielen schönen Stunden mit meiner Tochter wiedergefunden, und auch die Stunden, wo ich Fehler gemacht habe. Ich will sie jetzt nur noch in meine Arme schließen …“ Seine Stimme wurde immer leiser und mit Tränen in den Augen fuhr er fort. „Wenn es noch möglich ist.“

Tanja schaute ihn betroffen an und reichte ihm ein Taschentuch. Warum sahen Eltern ihre Fehler eigentlich immer erst ein, wenn es zu spät war?, fragte sie sich. Man konnte nur hoffen, dass Köhler wirklich etwas gelernt hatte …

„Herr Köhler! Schauen Sie doch mal“, rief Tanja nach einer Weile aufgeregt. Sie blickte auf den Fluss hinaus: Dort kam das Motorboot mit Felix, Michel und anderen Leuten zurück. Sie sprang auf, um besser sehen zu können … Tatsächlich, sie hatten Paula an Bord!

Tanja winkte den Ankommenden zu. „Kommen Sie, Herr Köhler, gehen Sie zu ihr“, sagte Tanja leise, als das Boot am Ufer angelegt hatte. Sie ließ Köhler alleine zu Paula gehen. Einen Augenblick standen die beiden sprachlos voreinander, dann legte Köhler die Arme um seine Tochter. Paula ließ es geschehen, und nach einer Weile schloss auch sie die Arme um ihren Vater.

Tanja ging auf die beiden zu. Sie nahm das Amulett, das Michel ihr geschenkt hatte, und zog es sich über den Kopf.

„Hast du etwas dagegen?“ Tanja schaute Michel in die Augen. Er schüttelte den Kopf ohne etwas zu sagen.

Tanja legte Paula die Kette um. Sie bedankte sich mit leiser Stimme. Dann erzählte sie, dass man sie auf der anderen Seite nicht ins Dorf gelassen hatte. Man hatte sie aufgefordert, mit der nächsten Fähre sofort wieder zurückzufahren.

„Also, hört mal alle her“, setzte Köhler verlegen zu einer Rede an, als Paula geendet hatte. „Jetzt muss ich aber doch mal was sagen. Obwohl ... eigentlich fehlen mir die Worte ...“

„Och, Herr Köhler“, kam Felix ihm zu Hilfe. „Ich weiß schon, was Sie sagen wollen: Jetzt könnten wir doch alle einen herrlichen Tag in einem Strandhotel verbringen.“

„Nun ja“, stammelte Köhler. „Rostock muss eh warten. Ich meine ... sogar zwei Tage wären angemessen, oder?“

Tanja grinste. Ihr Chef entpuppte sich hier endlich mal als menschlich. Die Erleichterung darüber, dass Paulas gefährliches Abenteuer doch noch ein gutes Ende gefunden hatte, war in seinem Gesicht zu lesen.

Tanja schielte zu Felix rüber. Als ob er es spürte, hob er den Kopf. Einen Moment lang sahen sie sich tief in die Augen. ‚Ist alles wieder gut?‘, fragte Tanjas Blick und Felix lächelte sie voller Zärtlichkeit an.

Tanja wurde ganz warm. Ja, jetzt war alles wieder gut und sie würden noch zwei wunderbare Tage in Afrika verbringen, bevor sie wieder nach Warnemünde flogen.

7.
Fracht für Tanja

Donnerstag, 4. Mai
Ich hätte echt nicht gedacht, dass die Realität mich so schnell wieder einholt. Ich bin erst ein paar Wochen aus Afrika zurück und schon steht die ganze Welt Kopf: Ich war mir irgendwie so sicher, dass Felix eine Lehrstelle bekommen würde und habe nie daran gedacht, was passiert, wenn es nicht klappt. Und jetzt muss er zum Bund! Besser gesagt, er ist schon da! Wenigstens hat er dank Kapitän Bredersens Verbindungen eine Stelle bei der Marine bekommen. Die Kaserne ist nur ein paar Kilometer von Warnemünde entfernt und ich kann ihn ab und zu sehen. Irgendwie ist das alles nicht das, was ich mir vorgestellt hatte. Jetzt haben wir die gemeinsame Wohnung und ich bin doch die meiste Zeit alleine. Sogar meine Party morgen muss ich ohne Felix schmeißen: Ich werde 20! Irgendwie schon ganz schön alt! Manchmal denke ich, als ich noch zur Schule gegangen bin, war alles einfacher. Da hatte ich mehr Zeit für mich selbst und alles war viel sorgloser.

„Herzlichen Glückwunsch zum Geburtstag!“, ertönte eine tiefe Stimme von der Treppe her. Wenig später stand Kapitän Bredersen mit einer riesigen Torte an der Türe.

„Danke Herr Bredersen. Die ist ja toll!“, freute sich Tanja. Damit hatte sie wirklich nicht gerechnet.

„Naja, ich dachte, jetzt, wo dein Felix bei der Marine ist, muss dir doch heute Morgen irgendjemand zum Geburtstag gratulieren!“

Tanja war wirklich gerührt. Wie hatte sie nur jemals daran zweifeln können, dass diese Wohnung genau das Richtige für sie und Felix war? Einen netteren Vermieter als den alten Kapitän Bredersen konnte man sich nicht vorstellen.

„Jetzt müssten wir eigentlich die Torte anschneiden und Kaffee trinken, aber ich bin total spät dran: Ich muss jede Menge einkaufen und für die Party heute Abend vorbereiten“, entschuldigte sich Tanja und nahm seufzend die Einkaufsliste in die Hand.

Bredersen runzelte nachdenklich die Stirn. „Sag mal, gib mir doch die Liste. Ich muss eh in die Stadt, dann kaufe ich für dich ein.“

„Aber es ist eine ganz schöne Masse“, wehrte Tanja ab.

„Ich lass es mir anliefern!“ Bredersen studierte die Liste. „Wenn ich mir das so anschaue, da wird ja einiges los sein heute Abend!“, sagte er und wandte sich zum Gehen.

„Was ist heute Abend?“, ertönte eine bekannte Stimme von der Türe her. Tanja drehte sich um. Da stand Nils und neben ihm tapste der kleine Julian in den Raum. Bredersen begrüßte die beiden kurz und eilte dann die Treppe hinunter, um sich um die Einkäufe zu kümmern.

„Du weißt von nix?“ Tanja schaute den Freund erstaunt an.

„Wovon?“, kam es ebenso erstaunt zurück.

Tanja legte den Kopf in ihre Hände und betrachtete Nils grinsend.

„Mein Nisi weiß von nix“, feixte sie.

„Was?“

„Ich habe heute Geburtstag“, klärte sie ihn schmunzelnd auf.

„Nein! Ich bin aber auch ein Trottel“, ärgerte sich Nils. „Ich kann mir so was aber auch nie merken.“ Er ging auf Tanja zu und nahm sie stürmisch in den Arm. „Na, dann komm mal her mein Engel: Alles Gute zum Geburtstag!“

„Du kommst aber doch?“, hakte Tanja nach, während sie sich aus seiner Umarmung befreite.

„Das ist ja das Problem“, begann Nils unsicher und warf einen Blick auf Julian. „Ich habe diesen süßen, aber fordernden kleinen Scheißer am Hals. Ich hab Jola versprochen, auf ihn aufzupassen. Sie ist für zwei Tage in Hamburg.“

„Ja und? Wo ist das Problem?“

„Ich bin zum Kinderaufpassen nicht geboren! Ich werde total nervös. Dabei sind es erst anderthalb Stunden, dass ich …“

„Ach nee, und da dachtest du, ich könnte mal übernehmen?“, unterbrach Tanja ihn. „Aber das geht nicht. Ich muss mich um die Dekoration kümmern: Die Party soll eine afrikanische Nacht werden, mit allem, was dazu gehört …“

„Ich mach dir einen Vorschlag!“ Nils setzte ein spitzbübisches Lächeln auf. „Du übernimmst Julian, relaxt mit ihm ganz ‚geburtstagsmäßig‘ und ich kümmere mich um die ganze Deko. Das ist mein Geschenk.“

„Klingt ja total selbstlos“, erwiderte Tanja grinsend und nahm den kleinen Julian in den Arm.

„Danke!“, rief Nils überschwänglich und drückte Tanja samt Kind an sich. „Du wirst es nicht bereuen. Ich richte das hier zu ’nem richtigen Urwald her. Das wird d i e Fete! Da wird man noch Jahre später von reden!“

Tanja schüttelte lachend den Kopf. Nils war echt ein Schatz. Man konnte ihm eigentlich nie etwas abschlagen. Doch plötzlich erstarrte sie. Vor dem Haus waren Stimmen zu hören – Kinderstimmen. Sie sangen ‚Viel Glück und viel Segen‘.

Tanja warf Nils einen ungläubigen Blick zu und eilte zum Fenster. Das war ja Ben! Ihr kleiner Bruder Ben, und zwar mit der gesamten Schulklasse! Gerührt hörte sie den Kindern zu.

„Wir wollten unserer Gastgeberin erst mal zum Geburtstag gratulieren, bevor wir unser Zeltlager im Garten aufbauen“, rief die Lehrerin zu ihr hoch, als sie das Lied beendet hatten.

„Bevor sie aufbauen?“ Tanja traute ihren Ohren nicht. Sie betrachtete die Gesellschaft etwas genauer: Tatsächlich, die Kids hatten Zelte dabei!

Tanja stürmte die Treppe runter. Manchmal waren kleine Brüder echt die Pest, dachte sie. Wie kam Ben auf die Idee hier mit seiner Klasse zu zelten?

„Felix weiß alles, hat er dir denn nichts gesagt?“ Ben stand mit Unschuldsmiene vor ihr. Tanja schüttelte fassungslos den Kopf.

Die Lehrerin entschuldigte sich. Sie hatte angenommen, Tanja wüsste Bescheid. Doch unter den Umständen würde sie mit ihrer Klasse natürlich sofort wieder umkehren.

„Felix fand unsere Idee aber toll: Zelten mit Lagerfeuer und Kochen und so!“, sagte Ben und warf Tanja einen flehenden Blick zu.

Tanja schaute von Ben zur Lehrerin und dann auf die anderen Kinder. Alle standen mit erwartungsvollen Gesichtern vor ihr.

Ben war eine Nervensäge, das stand fest. Aber er war trotzdem ein süßer Kerl und eben ihr Bruder. Und wenn sie ehrlich war, wusste sie auch, dass so ein Zeltlager ein tolles Abenteuer war!

„Naja, ich will den Kindern nicht den Spaß verderben“, entschied sie spontan. Ben sprang vor Freude in die Luft, und die Klasse brach in Jubelgeschrei aus.

Tanja hatte es sich gerade mit Julian gemütlich gemacht, da klingelte das Telefon.

„Herr Köhler! Das ist ja eine Überraschung“, rief Tanja erfreut in den Hörer. Dass ihr Ausbildungsleiter ihr gratulieren wollte … Doch statt eines Geburtstagsgrußes gab es einen gehörigen Anpfiff:

„Der Zoll lässt ein Schiff nicht auslaufen, weil da Fracht an Bord ist, die auf Ihren Namen ausgestellt ist“, teilte Köhler ihr verärgert mit. „Deswegen kann es niemand an Ihrer Stelle abwickeln und der Zoll besteht auf einer Öffnung.“

Tanja versprach, sofort in die Reederei zu kommen und legte verwundert den Hörer auf. Das musste ein Missverständnis sein. Es gab keine Fracht für sie auf einem der Schiffe! Das war absolut unmöglich!

„Tja Julian“, seufzte sie. „Und was machen wir solange mit dir?“ Sie nahm Julian auf den Arm und ging mit ihm nach unten. Vielleicht konnte die Lehrerin ja auf ihn aufpassen …

„Pech gehabt“, murmelte Tanja, als sie auf den provisorischen Zeltplatz trat: weit und breit keine Spur von den Kids und der Lehrerin. Die Klasse erkundete wahrscheinlich gerade die Gegend. Dann musste sie Julian wohl in die Reederei mitnehmen.

Tanja ging zum Hauseingang zurück. Plötzlich blieb sie wie angewurzelt stehen. Sie traute ihren Augen nicht: Felix kam ihr in seiner schicken dunkelblauen Matrosenuniform entgegen. In der Hand hielt er einen wunderschönen Blumenstrauß.

Lachend lief sie auf ihn zu und fiel ihm um den Hals. Felix! Er war echt ein Schatz. Irgendwie hatte er es geschafft aus der Kaserne wegzukommen, obwohl er heute doch Dienst hatte.

„Herzlichen Glückwunsch!“, rief Felix überschwänglich und gab ihr einen langen Kuss. „Ich liebe dich!“, flüsterte er zärtlich.

Tanja freute sich riesig, dass Felix gekommen war. Wie gerne hätte sie jetzt bei einem gemütlichen Geburtstagsfrühstück mit ihm zusammengesessen. Doch sie musste in die Reederei, ob sie wollte oder nicht. Auf einmal kam ihr eine Idee:

„Wie lange bleibst du?“, fragte sie neugierig.

„In einer Stunde muss ich zum Arzt, um mir eine Krankmeldung zu holen. Ich musste Augenschmerzen vortäuschen.“

„Eine Stunde reicht!“, rief Tanja erleichtert und zeigte auf Julian.

„Kümmere dich bitte um ihn“, bat sie. „Ich bin sofort wieder da!“ Und schon drehte sie sich um und lief zum Wagen. Felix war total verdattert. „Tanja!“, hörte sie ihn nur verzweifelt rufen, doch sie hatte keine Zeit zu verlieren.

Vollkommen außer Atem kam Tanja in der Reederei an. Köhler erwartete sie, und gemeinsam eilten sie zur Hafenanlage. Die Palette mit der angeblich an Tanja adressierten Fracht stand schon auf dem Landesteg. Mehrere Zollbeamte gingen mit Drogenhunden um die Ladung herum und ließen die Tiere an den Kisten schnüffeln. Lautes Gebell ertönte.

„Die Fracht ist beschlagnahmt!“, erklärte ein Zollbeamter mit ernster Miene, als Tanja und Köhler näher kamen. „Wir müssen kontrollieren, was sich in den Kisten befindet.“ Tanja blickte irritiert zwischen dem Zollbeamten und Köhler hin und her. Was wurde hier gespielt? Die Beamten schienen Drogen in den Kisten zu vermuten. Aber mit Drogen hatte sie doch absolut nichts zu tun!

Plötzlich fiel Tanja ein, was Ulrike ihr vor ein paar Monaten über die Tricks der Drogenschmuggler erzählt hatte, und auf einmal wurde ihr heiß und kalt zugleich: Was war, wenn jemand Drogen schmuggelte und dafür ihren Namen benutzte?

8.
Ein Baby beim Bund

Tanja beobachtete die Beamten gespannt. Sie waren schon seit einer ganzen Weile mit den Kisten zugange. Aber bister waren sie noch nicht zum Inhalt vorgedrungen. Plötzlich hörte sie die Stimme ihrer Kollegin Hanne. Sie saß mit ihr und Ulrike im gleichen Büro.

„Tanja, dein Freund hat angerufen", rief sie schon von weitem und wedelte mit einem Papier. „Er hat irgendwas von Augenarzt gesagt, da wäre er mit Julian. Hier, das ist die Adresse." Hanne drückte Tanja den Zettel in die Hand.

Tanja sah auf die Uhr. Verdammt, es war schon ein Uhr durch. Sie hatte längst zu Hause sein wollen. Jetzt war Felix also doch schon zum Augenarzt gegangen. Nach dem Arztbesuch musste er ja wieder in die Kaserne zurück. Was wurde dann aus Julian? Sie musste die beiden unbedingt in der Arztpraxis abfangen. Wenn diese blöde Zollgeschichte nur nicht wäre, dachte sie und beobachtete ungeduldig, wie eine der Kisten geöffnet wurde. Was da zum Vorschein kam, ließ Tanja aus dem Staunen nicht mehr rauskommen: Mehrere Kilo Trockenfisch, zwei Kisten afrikanisches Bier, ein Kleid und eine Trommel!

Außerdem gab es einen Brief, der an sie adressiert war.

Eine Trommel? Das erinnerte sie an etwas. Die Kiste war doch nicht etwa von … Ungeduldig riss Tanja den Umschlag auf. „Herzlichen Glückwunsch zum Geburtstag!“, stand darauf. Tanja lachte erleichtert. Michel! Er hatte ihren Geburtstag nicht vergessen.

„Die Kiste ist von Michel aus Dakar“, wandte sie sich an Köhler. „Sie kennen ihn doch, Herr Köhler, Michel Sarraine, unser Filialleiter.“

„Ich will damit nichts zu tun haben“, wehrte Köhler erschrocken ab.

Tanja zuckte zusammen. Köhler war ein Feigling. Michel hatte ihm in Afrika echt geholfen und er machte sich jetzt wegen dem Zoll in die Hose. Dieses ganze verlogene Getue bei der Reederei ging ihr ganz schön auf die Nerven.

„Er wollte mich doch nur zum Geburtstag überraschen“, entgegnete Tanja. „Er hat sicher angenommen, ich wickle wie gewohnt das Schiff ab.“

„Geburtstag?“, mischten sich die Beamten schmunzelnd ein. „Glückwunsch! Den Stockfisch und das Bier müssen wir hier behalten, aber die Trommel und das Kleid können Sie mitnehmen.“

„Das werde ich!“, antwortete Tanja und verabschiedete sich schnell. Jetzt nichts wie weg hier, dachte sie und hastete zum Auto.

„Guten Tag. Mein Freund müsste hier sein, mit einem Baby." Tanja stand abgehetzt in der Arztpraxis. Sie war im Eiltempo durch die Stadt gerast.

„Tut mir Leid, aber hier ist kein Baby", entgegnete die Sprechstundenhilfe.

„Aber er hat von hier aus angerufen. Ein junger Mann in Marineuniform!"

„Ach der. Der ist wieder weg. Zur Kaserne."

Tanja wurde bleich. Sie biss sich verzweifelt auf die Lippen und überlegte. Gaby!, fiel es ihr ein. Vielleicht hatte Felix den Kleinen zu ihrer Mutter gebracht, bevor er wieder in die Kaserne gefahren war. Eilig machte sie sich auf den Weg.

Aber auch bei ihren Eltern war Julian nicht. Tanja entschloss sich in die Villa zu fahren. Sie musste die Party vorbereiten und hier würde Felix sich am ehesten melden. Aber sie verstand das Ganze nicht. Felix konnte mit Julian konnte doch nicht vom Erdboden verschluckt sein.

In der Villa war die Hölle los: Im Haus probte die Band und im Garten bereiteten die Kinder ihr Lagerfeuer vor. Mittlerweile war auch Nils mit der Deko eingetrudelt. Tanja erzählte ihm sofort von der Sache mit Julian. Ratlos sahen die beiden sich an.

„Tanja, Telefon! Felix ist dran", rief Max plötzlich.

Tanja sprang sofort auf. „Jetzt werden wir gleich wissen, was mit Julian ist", sagte sie und lief ins Haus.

„Tanja, du musst in die Kaserne kommen!“ Felix klang total aufgeregt. „Bitte Tanja, sofort!“

„Felix, ich versteh kein Wort! Ich werde noch wahnsinnig! Wo ist der Kleine denn jetzt?“, erwiderte Tanja verzweifelt.

„Ich musste Julian mit in die Kaserne nehmen. Das mit dir hat zu lange gedauert, da konnte ich nicht mehr warten! Ich muss jetzt auflegen, komm schnell.“ Dann hörte sie nur noch ein Knacken in der Leitung.

Tanja riss ungläubig die Augen auf. Felix hatte den Kleinen mit in die Kaserne genommen? Wie hatte er das denn gemacht? Was für eine Aufregung, dachte sie, und ausgerechnet an ihrem Geburtstag.

Es waren nur ein paar Kilometer bis zur Kaserne. Tanja gab Vollgas und eine Viertelstunde später parkte sie mit quietschenden Reifen vor dem Haupthaus. Jetzt musste sie nur noch den Dienst habenden Offizier überreden, sie zu Felix durchzulassen.

„Besuche sind aber erst nach Dienstschluss möglich“, informierte sie der Wachoffizier kopfschüttelnd.

„Sie würden mir wirklich einen großen Gefallen tun, wenn Sie da eine Möglichkeit sehen. Es geht um ein Kind … Ich fürchte die ganze Kaserne weiß schon davon“, stotterte Tanja.

„Ah, da ist was unterwegs.“ Der Offizier verstand die Situation offensichtlich vollkommen falsch. „Sie sind schwanger.“

Tanja schaute ihn verwundert an. Schwanger? Obwohl …, schoss es ihr durch den Kopf, für junges Familienglück hatte man sicher sogar beim Bund etwas übrig. Verlegen antwortete sie mit ‚ja'.

„Na, da finden wir doch eine Lösung!" Der Offizier klang auf einmal sehr freundlich. Er befahl einem wachhabenden Soldaten, Tanja zum Besucherzimmer zu führen. „Weiß er schon von seinem Glück?", fragte er schmunzelnd zum Abschied.

Tanja lächelte verlegen und wandte sich zum Gehen.

„Wo ist der Kleine?", fragte Tanja besorgt, als Felix den Besucherraum betrat.

„Am Ende des Flurs auf der Stube. Aber wir müssen erst sehen, ob die Luft rein ist", flüsterte er und zog Tanja hinter sich her.

„Das ist Tanja, meine Freundin", stellte er sie den Stubenkameraden vor.

„Kannste ruhig hier lassen, deinen Sohn", begrüßte einer der Soldaten Tanja lachend und strich dem kleinen Julian über den Kopf.

„Kannste ruhig hier lassen, deine Freundin", wandte sich ein anderer feixend an Felix.

Tanja beugte sich über Julian, ohne auf die Kommentare zu reagieren.

„Bisher hat keiner das Kind gesehen. Wir müssen die Katastrophe nicht noch heraufbeschwören", mahnte Felix Tanja zur Vorsicht. Tanja nickte. Sie konnte immer noch nicht glauben, dass es Felix tatsächlich gelungen war, Julian unbemerkt in die Kaserne zu schleusen.

Tanja seufzte und bedankte sich bei den Jungs für ihre Hilfe. „Stets zu Diensten und kommen Sie mal wieder“, lachten sie.

Tanja schlich hinter Felix her. Doch bevor sie die Kaserne verließ, musste sie dringend auf die Toilette.

„Hier oben sind nur Männerklos!“ Felix runzelte verzweifelt die Stirn. „Du musst die Treppe runtergehn. Bei der Schreibstube rechts, da ist eine Damentoilette. Ich warte im Besucherzimmer!“

Tanja lief die Treppe runter. Wie Felix das nur die ganze Zeit hier aushielt? Sie fand die Kaserne schrecklich. Alles war ganz kahl und unpersönlich. Noch nicht einmal Bilder gab es an der Wand.

Von der Damentoilette aus fand Tanja das Besucherzimmer ohne große Probleme. Doch als sie die Türe geöffnet hatte, blieb sie wie angewurzelt stehen: Das Zimmer war leer! Von Felix und Julian keine Spur. Oh, bitte mach, dass das nicht wahr ist, flehte Tanja. Einen Augenblick wartete sie. Vielleicht war Felix ja nur kurz raus? Aber er kam nicht. Tanja verließ den Raum und lief zur Stube. „Hey, haste schon Sehnsucht nach uns“, riefen die Kumpels von Felix.

„Und wie! Aber vor allen Dingen nach Julian. Ist er hier?"

Aber weder das Kind noch Felix waren inzwischen auf der Stube gewesen. Tanja eilte wieder zum Besucherzimmer. Vielleicht war Felix ja in der Zwischenzeit zurückgekommen? Aber von den beiden gab es immer noch keine Spur. Tanja stiegen Tränen in die Augen. Das durfte doch nicht wahr sein! Felix konnte doch nicht einfach so mit dem Kleinen verschwinden.

Sie überlegte. Es blieb ihr nichts anderes übrig, als Felix zu suchen. Sie hastete durch den Bürotrakt und klopfte an jedes Zimmer. Mit einem kurzen „Entschuldigung, ich suche Felix Woldmann", schaute sie sich in den Büros um. Aber überall saßen nur Soldaten, die sie verwundert musterten.

Völlig frustriert klopfte sie an die letzte Türe auf der Etage. Man bat sie herein, und noch bevor sie ihr Sprüchlein aufsagen konnte, entdeckte sie Julian, der auf dem Boden mit Büroklammern spielte. Tanja stürmte auf den Kleinen zu und schloss ihn in ihre Arme. Dann schaute sie hoch und entdeckte neben Felix einen älteren Herrn in Uniform. Er sah aus wie ein Offizier.

„Entschuldigung", stotterte Tanja. „Aber ich habe mir echt Sorgen gemacht."

„Dann gehe ich wohl recht in der Annahme, dass es sich um diese Dame handelt, die Geburtstag hat", begrüßte der Offizier sie freundlich.

Tanja nickte verlegen. Julian war also doch noch entdeckt worden und Felix hatte die ganze Wahrheit erzählen müssen. Er stand inmitten mehrerer wichtig aussehender Herren und sah ziemlich angespannt aus.

„Herzlichen Glückwunsch!“, sagte der Offizier und reichte Tanja die Hand. Dann räusperte er sich. „Am Wochenende müssen Sie allerdings leider auf Ihren Freund verzichten, er hat da einiges abzuarbeiten.“ Er warf Felix einen viel sagenden Blick zu. Der schaute reumütig zu Boden.

Tanja nickte. Sie verstand. Weil Felix die Augenschmerzen vorgetäuscht hatte, musste er am Wochenende wohl einen Strafdienst absolvieren.

„Aber das Urlaubsgesuch für heute Abend …“, fuhr der Offizier schmunzelnd fort. „Also angesichts einer so attraktiven Dame und eines so hübschen Kindes, da wollen wir die zukünftige Familie doch nicht auseinander reißen.“

Tanjas Herz hüpfte vor Freude. Felix war echt süß. Er hatte tatsächlich ein Urlaubsgesuch eingereicht, um mit ihr zu feiern. Tanja lächelte ihn an. Plötzlich fiel ihr die Party siedend heiß ein. Verdammt, es war ja schon Nachmittag und sie hatte noch nichts vorbereitet.

Tanja nahm Julian auf den Arm und fasste Felix an der Hand. Nichts wie raus hier, dachte sie, und mit einem dankbaren Lächeln verabschiedete sich von den Offizieren.

Freitag, 5. Mai
Julian ist bei Mama in sicheren Händen, aber die Party habe ich für heute Abend abgesagt! Tja, das wars dann mit der afrikanischen Nacht. Ich hätte so gerne mal wieder gefeiert! Irgendwie sehen wir uns alle so wenig. Jeder hat seine Arbeit und abends ist man oft ganz schön geschafft. Wenn erwachsen werden heißt, dass man keine Zeit mehr für Spaß hat, dann muss sich was ändern, allerdings habe ich nicht die geringste Ahnung, was.

Naja, dann werde ich mir eben einen schönen Abend mit Felix alleine machen und mich vorher einfach noch ein bisschen hinlegen.

„Aufwachen Geburtstagsmaus!" Felix beugte sich über Tanja und küsste sie zärtlich. Sie öffnete die Augen.

„Ach, der Geburtstag …" Tanja schlang ihre Arme um Felix. „Sind alle weg?"

„Alle sind weg!", bestätigte er. „Ich habe unten für uns gekocht." Er löste sich sanft aus Tanjas Umarmung und zog sie hoch.

„Komm, sonst wird alles kalt! Augen zu, ich führe dich hin!"

„Augen zu?" Tanja blickte Felix verwundert an. „Warte, ich möchte das afrikanische Kleid anziehen, das Michel mir geschickt hat."

Tanja zog sich um. Das Kleid stand ihr wirklich

gut. Die braunen Farben passten wunderbar zu ihren dunklen Haaren. Sie zwinkerte Felix zu und ließ sich dann mit verbundenen Augen führen. Sie gingen die Treppe hinunter, und als sie unten ankamen, nahm Felix ihr die Augenbinde ab.

„Happy birthday!“, tönte es aus allen Ecken. Tanja strahlte. Alle Freunde und ihre Eltern waren da, sogar Bens Schulklasse war noch mal aus den Zelten gekrochen. Das Zimmer war wundervoll dekoriert und überall standen selbst gemachte Köstlichkeiten auf den Tischen. Sie kam aus dem Staunen nicht mehr raus. Jetzt fing auch noch die Band an zu spielen.

Tanja lächelte glücklich. Jetzt war aus dem aufregenden Tag doch noch ein wunderbarer Geburtstag geworden.

9.
München oder Warnemünde?

Freitag, 19. Mai
Ich vermisse Felix so sehr. Er ist jetzt schon über einen Monat beim Bund! Davon, dass er in der Nähe ist, merke ich überhaupt nichts. Irgendwelche Wochenenddienste verhindern immer, dass wir uns sehen. Seit meinem Geburtstag war er nur einmal für ein paar Stunden ‚draußen'. So eine Beziehung auf Distanz ist echt nichts für mich. Ich muss Felix nah sein, mit ihm reden können, mich an ihn lehnen und über seine Haare streichen können.

Naja, morgen Abend ist die Silberhochzeit seiner Eltern. Wenigstens sehen wir uns dann mal wieder ein Wochenende. Auch wenn tausend Leute dabei sind und das Ganze wahrscheinlich ziemlich steif wird. Die Woldmanns kann man nämlich nicht gerade als locker bezeichnen. Die mäkeln immer ganz schön an Felix herum, vor allen Dingen der Vater.

Aber die Nacht gehört Felix und mir! Und der Sonntagmorgen, und der Sonntagmittag … und irgendwann wieder die ganze Woche.

Tanja hatte sich richtig in Schale geworfen für den Abend bei Felix' Eltern: Sie wusste, dass Felix das bordeauxrote Abendkleid besonders gut gefiel. Jetzt stand sie ungeduldig vor dem Kasernentor und wartete.

„Felix! Endlich!", rief sie freudestrahlend, als er durch das Tor trat. Er kam auf sie zu und nahm sie zärtlich in den Arm.

„Toll siehst du aus!", freute er sich.

„Ja. Ich dachte, dass wäre angemessen für die Silberhochzeit deiner Eltern", bemerkte Tanja kess.

„Oh Mann, das habe ich ganz vergessen …" Felix schlug sich mit der Hand gegen die Stirn.

„Macht nichts", kam es gut gelaunt von Tanja, und sie hielt Felix eine offene Tüte unter die Nase. „Bianca hat mir einen Anzug von ihrem Ex geliehen. Du musst dich nur irgendwo umziehen."

Sie drehte sich um und ging in Richtung Auto. Felix folgte ihr.

„Vergessen wir die Feier von meinen Eltern. Lass uns einfach woanders hingehen", schlug er plötzlich vor. „Nur du und ich. Ich würde gern mit dir reden."

Tanja schwieg. Besonders glücklich sah Felix nicht aus. Er ging nicht gerne zu seinen Eltern, das wusste sie. Aber da war noch etwas in seinem Blick, irgendetwas beschäftigte ihn …

„Deine Eltern erwarten uns", wandte sie ein.

„Okay. Eine Stunde und dann sind wir wieder weg", entgegnete Felix. Tanja schmunzelte. Wenn sie ehrlich war, dann fand sie es auch schöner mit Felix alleine zu sein. Außerdem wollte sie wissen, was es so Dringendes zu besprechen gab!

Sie fuhren ein Stück und hielten auf einem Waldparkplatz. Felix zog seine Tarnuniform aus und nahm die Smokinghose aus der Tüte. Genervt stellte er fest, dass sie viel zu groß war.

„Mensch Woldmann, konntest es wohl nicht mehr erwarten", erklang plötzlich eine Stimme hinter ihnen. Tanja drehte sich erschrocken um. Am Waldrand standen fünf Soldaten und grinsten. Ihre Blicke waren auf Felix gerichtet. Es sah tatsächlich merkwürdig aus, wie er da in seiner Unterwäsche neben dem Wagen stand, das musste Tanja zugeben.

„Typisch", wetterte der Unteroffizier. „Die Uniform so schnell wie möglich loswerden. Das wollt ihr alle!"

„Ich muss auf eine Feier", verteidigte sich Felix.

„Feiern wollen Sie? Wohl auf dem Rücksitz Ihres Autos", kam es ironisch zurück. Der Unteroffizier blickte Felix streng an. „Aber Woldmann, merken Sie sich eins: Mit solchen Aktionen wird Ihr Offiziersgesuch auf taube Ohren stoßen. An Ihrer Stelle würde ich mich zusammenreißen." Er drehte sich um und befahl der Truppe abzumarschieren.

Tanja schaute den Soldaten vollkommen verwirrt hinterher. Offiziersgesuch? Felix hatte sich doch um eine Lehrstelle bei der Werft beworben. Fragend sah sie ihn an.

„In Stralsund auf der Werft haben sie mich als Bootsbauer nicht genommen. Ich habe heute die Absage gekriegt“, erklärte Felix niedergeschlagen. „Aber ich will da jetzt nicht drüber reden. Nicht so zwischen Tür und Angel.“

„Dann probierst du es eben woanders. Es gibt genug Möglichkeiten“, erwiderte Tanja wütend und setzte sich auf den Beifahrersitz.

Sie verstand einfach nicht, wieso Felix auf einmal Offizier werden wollte. Dann musste er sich doch verpflichten. Das würde ja bedeuten, dass er dann Berufssoldat wäre …

Auf der Fahrt zu dem Gasthof, in dem das Fest stattfinden sollte, schwiegen sie. Felix fuhr mit quietschenden Reifen vor das Gebäude und bremste scharf. Mit einem scheppernden Geräusch flog etwas gegen die Sitze.

„Gut gemacht!“, erklärte Tanja bissig.

„Was war das?“, fragte Felix ohne sie anzuschauen.

„Das waren Kristallgläser für deine Eltern. Haben ne Menge Geld gekostet. Aber macht ja nichts. Wir haben’s ja.“

Tanja stieg aus dem Auto und schlug wütend die Türe zu. Im Festsaal sah sie sich suchend nach Felix’ Eltern um. Das mit dem Gratulieren wollte sie so schnell wie möglich hinter sich bringen. Plötzlich packte Felix sie am Arm.

„So ein Mist“, zischte er und zeigte auf einen Mann in Marineuniform. „Leutnant Burkhard Krafft. Ein Freund meines Vaters. Der hat mir gerade noch gefehlt.“

Tanja betrachtete den streng aussehenden Mann neugierig. Doch bevor sie Genaueres erfahren konnte, waren die Eltern von Felix schon bei ihnen.

„Na, Sohnemann? Auch schon da?“, begrüßte Herr Woldmann Felix mit leicht ironischem Unterton.

Felix murmelte ein ‚Hallo!‘ und ‚Herzlichen Glückwunsch!‘. Auch Leutnant Krafft kam näher und klopfte Felix freundschaftlich auf die Schulter.

„Ah, der junge Offiziersanwärter?“, sagte er mit lauter Stimme. Tanja bemerkte, wie Felix kaum sichtbar zusammenzuckte. „Alles im Grünen Bereich?“

„Muss ja!“, erwiderte Felix verkniffen. „Hallo Herr Kapitänsleutnant!“

Tanja beobachtete die Szene aufmerksam. Felix fühlte sich total unwohl, das konnte sie spüren. Die Luft zwischen ihm, diesem Krafft und seinem Vater war zum Schneiden.

„Ich hab von Burkhard hier gehört, du hast immer noch nicht unterschrieben?“ Herr Woldmanns Stimme klang vorwurfsvoll.

„Liegt es etwa an München?“, forschte der Marineleutnant nach.

„München????“ Tanja riss entsetzt die Augen auf. Hatte der Typ gerade München gesagt? Sie blickte zu

Felix, doch der schaute auch nur verdutzt aus der Wäsche.

„Wieso München? Ich dachte, die Akademie ist in Hamburg?“, fragte er irritiert.

„Klar, Sie können auch in Honolulu studieren, mit Blick aufs Meer“, entgegnete der Kapitänsleutnant mit spöttischem Lächeln. „Aber leider ist da kein Platz mehr frei.“

„Was willst du da studieren?“ Tanja starrte Felix immer noch mit großen Augen an. Sie verstand überhaupt nicht, was los war. Felix wollte studieren? Er wollte doch auf die Werft?

„Maschinenbau!“, kam es zögerlich von Felix.

Tanja schüttelte fassungslos den Kopf. Maschinenbau? Auf der Hochschule vom Bund? Davon hatte er noch nie etwas erzählt.

„Ist das wahr? Du willst nach München, um Offizier zu werden?“ Tanja hatte Felix vor die Tür des Festsaals gezogen und schaute ihn mit zusammengekniffenen Augen an.

„Von München war bisher nie die Rede“, wehrte sich Felix und fügte dann trotzig hinzu: „Aber selbst wenn!“

„Selbst wenn? Felix, ich finde das nicht lustig!“ Tanja musste sich beherrschen, um nicht zu loszubrüllen. Wutentbrannt ging sie nach draußen. Felix folgte ihr.

„Vielleicht ist das die beste Chance, die ich je kriege! Hast du daran schon mal gedacht?“

„Wenn du wirklich nach München gehst, dann können wir unsere Beziehung vergessen!“ Felix glaubte doch nicht, dass sie zwischen München und Warnemünde hin und her jetten könnten …

„Ich hab nicht gesagt, dass ich nach München gehe“, rief Felix aufgebracht.

„Nein? Dein Freund in Uniform hat das gesagt. Felix, warum erzählst du mir nicht, was du vorhast?“

„Erstens ist der nicht mein Freund! Und zweitens wollte ich schon die ganze Zeit mit dir darüber reden.“ Felix holte tief Luft. „Und außerdem, wenn ich nach München gehe, kommst du eben mit!“

„Ich geh nicht nach München“, rief Tanja aufgebracht. Was bildete Felix sich ein, einfach so über sie zu verfügen?

„Ach nein, natürlich nicht“, entgegnete er spöttisch. „Du haust nur mal eben kurz nach New York ab, oder nach Afrika!“

„Das ist etwas anderes!“, rief Tanja und lief zum Wagen. Sie war vollkommen aufgelöst. Sie wollte weg hier, nur weg! Felix stieg neben ihr ein und sie gab Gas. Keiner sagte ein Wort.

„Tanja, was soll ich denn nach dem Bund machen? Zuhause Däumchen drehen?“, setzte Felix das Gespräch nach einer Weile fort.

„Ich finde das unmöglich! Nach einer Absage gleich die Flinte ins Korn werfen und ganz was anderes machen.“ Tanja nahm das Steuer fester in die Hände. Es regnete in Strömen und sie hatte Mühe die Straße zu erkennen.

„Ich mache nicht ganz was anderes!“

„Nein, du willst nur Soldat werden anstatt Schiffe zu bauen!“ Tanjas Stimme wurde lauter.

„Beim Bund, das ist eine sichere Sache“, fuhr Felix fort. „Die zahlen dir das Studium und alles, und ich hab endlich ne Perspektive für mein Leben. Außerdem wirft dich da keiner so schnell raus.“

„Das ist es“, bemerkte Tanja spitz. „Du willst nur irgendwo unterkommen, wo man dich nicht rauswirft. Egal, was es ist.“

„Ich hab' keine Lust dauernd nur rumzuflippen!“

„Wer flippt hier rum?“, fragte Tanja aufgebracht. Na, hier kamen ja tolle Sachen zur Sprache. Es klang ganz so, als meinte Felix, sie würde nur rumflippen.

„Ich habe keine Lust von einem Job zum nächsten zu wechseln, ohne jemals irgendwo anzukommen“, erklärte Felix ohne Tanjas Frage zu beantworten.

„Sicherheit ist was für Angsthasen!“, warf Tanja spöttisch ein. „Du hast die Hosen gestrichen voll! Das ist es!“

„Halt an!“, forderte Felix sie mit gefährlich ruhiger Stimme auf. „Halt an, sage ich!“ Tanja fuhr irritiert an den Straßenrand.

„Aber du kannst doch nicht bei dem Regen laufen?“ Jetzt war ihr doch komisch zu Mute. Vielleicht war sie zu weit gegangen. Sie musste irgendwie versuchen ihn aufzuhalten.

„Ich habe gerade ein neues Bett für uns besorgt, soll ich da alleine drin schlafen?“, rief sie ihm hinterher. Doch Felix antwortete nicht. Ohne sich noch einmal umzudrehen marschierte er in die Dunkelheit davon.

Samstag, 20. Mai
Ich bin bei Jola auf dem Hausboot. Zuhause habe ich es alleine nicht ausgehalten. Da fiel mir echt die Decke auf den Kopf. Ich kann immer noch nicht glauben, was heute alles passiert ist. Kapiert Felix denn nicht, dass unsere Beziehung vor dem Aus steht, wenn er nach München geht? Ihm hinterher ziehen kommt nicht infrage. Was soll ich denn da? Auf unsere gemeinsamen Kinder aufpassen? Ich krieg doch da nie wieder so ne Stelle wie in der Reederei! Verdammt, ich liebe Felix doch, aber so auf Distanz …? Ich glaube nicht, dass ich das packe.

„Was machst du denn hier?“ Tanja sah Felix erstaunt an. Er stand in seiner Tarnuniform vor ihr auf dem Deck und sah ziemlich mitgenommen aus. Sie hatte ihn vor mehr als vier Stunden auf der Landstraße abgesetzt. War er etwa tatsächlich den ganzen Weg gelaufen? Und wo hatte er sich umgezogen?

„Ich muss zu Nils, wo ist der?“ Felix versuchte an Tanja vorbeizublicken.

„Der ist nicht da“, mischte sich Jola ein, die gerade mit Julian aus der Kajüte kam.

„Mist! Nils muss dringend her!“, forderte Felix in barschem Ton. Tanja verstand überhaupt nichts mehr. Was wollte Felix auf einmal von Nils? Der konnte ihm auch nicht helfen, wenn er nach München ging.

„Der Smoking muss zu Bianca zurück“, sagte sie spitz.

„Tanja, das ist nicht mein Problem“, erwiderte Felix mit scharfer Stimme.

„Ach nee? Was ist denn dein Problem?“, stichelte sie.

„Ich habe eine Anzeige wegen Autodiebstahl am Hals!“, gab Felix eisig zurück. Tanja starrte ihn ungläubig an.

„Wieso?“ Was war passiert, nachdem Felix sie allein im Auto zurückgelassen hatte?

„Keine Ahnung. Habe auf den Laster von Nils aufgepasst. Damit hat er ein Bett abgeholt, das angeblich für uns sein sollte.“

Ja, das Bett!, fiel es Tanja ein. Es sollte eine Überraschung für Felix werden, ein richtiges altmodisches Kuschelbett. Und Nils sollte es heute bei dem Händler abholen.

„Wieso hast du auf den Laster von Nils aufgepasst?“, fragte sie verwirrt.

„Ich habe ihn getroffen, auf der Landstraße. Er hat mich mitgenommen und wir hatten eine Panne. Na, und während er Hilfe holen wollte, habe ich auf den Laster aufgepasst.“

„Ja, aber das ist doch kein Autodiebstahl …“

„Nein, das weiß ich. Aber Schermutzki weiß das nicht. Der hat hat mich angezeigt. Angeblich ist der Laster aus Beständen der früheren Volksarmee der DDR.“

Was war das denn schon wieder für eine Geschichte? Tanja verdrehte genervt die Augen. Nils machte zwar ne Menge Mist, aber er hatte doch mit Sicherheit keinen Laster geklaut. Felix machte einen Schritt auf sie zu.

„Nils muss die Sache einfach klar stellen, sonst bekomme ich einen Heidenärger beim Bund. Aber wenn er nicht da ist, kann ich auch nichts machen. Ich muss ihn später sprechen.“ Felix schaute Tanja nachdenklich an. „Komm, dann lass uns nach Hause fahren und reden“, schlug er vor.

„Nein!“ Tanja ging zur Reling und starrte aufs Meer hinaus.

„Was heißt ‚nein‘?“

„Ich schlafe heute Nacht hier!“

Felix schaute sie einen Moment sprachlos an. Dann drehte er sich um und ging von Bord.

Tanja wusste, dass das hart war für Felix. Aber hatte er sich um ihre Gefühle gekümmert, als er beschlossen hatte Offizier zu werden? Und dass er jetzt den Trouble wegen dem Laster hatte, war nicht ihre Schuld.

Sie schaute Felix hinterher. Er ging gebeugt unter der Last des Seesacks. An einem Strauch blieb er stehen, knickte eine Heckenrose ab und steckte sie hinter den Scheibenwischer von Tanjas Wagen. Tanja schluckte.

„Willst du ihm nicht nachgehen?", fragte Jola und legte ihr die Hand auf die Schulter.

„Ich kann nicht", sagte Tanja traurig.

„Vielleicht ist es ja auch nicht schlecht, wenn ihr beide euch mal ne Weile nicht seht", überlegte Jola.

„Ja, vielleicht. Aber ich kann's mir nicht vorstellen! Ich will's auch nicht! Ich meine, ich brauche ihn doch …" Sie machte eine Pause. „Und er braucht mich auch. Liebe heißt doch, dass man sich braucht!"

Tanja und Jola saßen schon seit Stunden auf dem Deck und quatschten. Auf einmal stand Nils vor ihnen.

„Hi Mädels!", rief er.

Mit einem Sprung war Jola auf den Beinen. Sie wollte sofort wissen, was das mit dem Laster für eine komische Story war. Nils erklärte, dass er ihn geliehen und nicht gestohlen hatte und dass das vollkommen legal war. Er würde morgen zu Felix gehen und mit ihm zusammen die Sache bei der Polizei regeln.

„Ich muss ihm das sofort sagen!“, verkündete Tanja plötzlich.

Nils und Jola schauten sie erstaunt an. Tanja griff entschlossen nach ihrer Tasche.

Sie musste unbedingt mit Felix reden. Nicht nur wegen der Sache mit dem Lastwagen. Viel wichtiger war es, dass ihre Beziehung nicht den Bach runter ging.

„Felix?“, fragte Tanja, als sie die Wohnung in der Villa betrat. Es kam keine Antwort. Alles war dunkel. Sie knipste das Licht an und ging ins Schlafzimmer. Felix war nicht da. Traurig setzte sie sich auf den Bettrand.

„Tanja!“, hörte sie plötzlich Felix hinter sich. Ohne dass sie es gehört hatte, war er in die Wohnung gekommen. Sie rührte sich nicht von der Stelle. Einen Augenblick war es totenstill.

„Das Teil hier, das kracht demnächst zusammen“, flüsterte Tanja schließlich und zeigte auf das Bett.

„Glaub ich nicht“, antwortete Felix ebenso leise. Er ging langsam auf sie zu. „Das hat uns bis jetzt ausgehalten, das wird uns auch weiter aushalten.“

„Meinst du?“ Tanja schaute ihm in tief in die Augen und strich ihm sanft über das Kinn. Ihr Herz begann schneller zu schlagen.

„Mein ich!“, hauchte Felix und fing an, ihr Gesicht mit zärtlichen Küssen zu bedecken.

„Bist du ganz sicher?“

„Absolut", antwortete er und legte seine Arme um sie. Tanja erwiderte seine Umarmung und sie ließen sich nach hinten auf das Bett fallen. Felix küsste sie. Tanja zog ihn an sich. Hör niemals auf, mich zu küssen, flehte sie innerlich und genoss seine Zärtlichkeiten. Sie wusste, dass es eine Lösung geben würde. Sie mussten nur zusammenhalten, dann würde es weitergehen, immer!

10.
Felix entscheidet sich

Am nächsten Tag riefen die Eltern von Felix an und luden ihn und Tanja zum Kaffee ein. Sie wollten sozusagen die Feier ihrer Silberhochzeit in kleinem Rahmen nachholen. Dass Felix und Tanja die Party am Abend zuvor Hals über Kopf verlassen hatten, war ihnen natürlich nicht entgangen.

„Da steckt mehr dahinter!" Felix sah Tanja mit ernstem Gesicht an. „Mein Vater will meine Laufbahn als Offizier unter Dach und Fach bringen. Er hat auch Leutnant Krafft eingeladen."

Tanja schluckte. Felix sollte sich heute schon entscheiden?

„Naja, ich kann da eh nicht mehr ewig rumeiern!", bemerkte Felix zerknirscht.

„Gib doch zu, dass du dich schon längst entschieden hast", rief Tanja aufgebracht. „Was ich von diesem ganzen blöden Bundeswehrmist halte, ist dir doch egal!" Sie lief ins Badezimmer und es gelang ihr nur mühsam die Tränen zurückzuhalten.

Nein, sie würde nicht mit zu Felix' Eltern gehen. Sie wollte nicht auch noch zuhören müssen, wie Felix sich unglücklich machte.

Statt die Woldmanns zu besuchen, beschloss Tanja, zu ihren Eltern zu fahren. Es kam ja selten genug vor, dass sie Gaby und Hans sah. Die würden ihren Trouble wegen der Offiziersausbildung von Felix bestimmt verstehen. Doch die ganze Welt schien sich gegen sie verschworen zu haben.

„Du darfst jetzt nicht nur an dich denken“, erklärte Gaby, nachdem ihre Tochter zu Ende erzählt hatte. Sie standen im Garten. Gaby war gerade dabei Unkraut zu jäten. „So eine Trennung ist sicher bitter, aber wenn es um Felix seine Zukunft geht ...“, fuhr sie fort und riss energisch eine Pflanze aus.

„Hör doch auf“, fiel Tanja ihr ins Wort. „Felix will Schiffsbauer werden und nicht in irgendeiner Kaserne versauern! Wenn der jetzt Offizier wird, das bereut er sein Leben lang!“ Verärgert schlug sie mit der Hand auf den Gartentisch. Warum dachten eigentlich alle, sie wüssten, was gut war für Felix?

„Der muss sich doch für zwölf Jahre verpflichten“, erklärte sie ihrer Mutter verzweifelt.

„Zwölf Jahre sind schneller vorbei, als du denkst“, entgegnete Gaby.

Tanja sah sie wütend an. Solche Lebensweisheiten halfen ja jetzt unheimlich. Sie wollte nicht, dass zwölf Jahre mal eben so ins Land gingen. Sie wollte mit Felix eine gute Zeit haben, und sie wollte, dass Felix glücklich war.

„Hier, ich habe gedacht, ihr hättet einen Nachsendeantrag gestellt!“ Hans kam näher und hielt seiner Tochter einen Briefumschlag entgegen. „Für Felix? Von der Colme-Werft.“ Aufgeregt riss Tanja den Umschlag auf.

„Eh, schon mal was von Briefgeheimnis gehört?“, empörte sich Ben, der im Garten seine Hausaufgaben machte. Doch Tanja achtete nicht auf ihn.

„Das gibt es nicht!“, rief sie erfreut. „Er kriegt die Stelle doch!“ Sie strahlte ihre Eltern an. Ihr Vater kam näher und lugte über ihre Schulter.

„Naja, sie geben ihm eine zweite Chance: Das ist eine Einladung zu einem zweiten Vorstellungsgespräch“, versuchte er Tanjas Jubel zu dämpfen. Doch sie hatte nur noch eines im Kopf: Sie musste zu Felix. Sie musste ihm sofort sagen, dass der Brief gekommen war. Sonst würde der sich vielleicht noch heute bei seinen Eltern für die Offizierslaufbahn entscheiden.

Tanja kam zu früh bei den Woldmanns an – von Felix weit und breit keine Spur. Oh nein, jetzt auch noch alleine mit den Eltern von Felix die Zeit absitzen, dachte sie genervt. Doch dann fand sie, dass es auch sein Gutes hatte. Bevor die Woldmanns ihren Sohn in die Mangel nehmen konnten, würde sie ihnen schon mal von dem Schreiben erzählen.

„Werft! Ein Krisengewerbe“, schnaubte der Vater verächtlich. „Die Chance bei der Bundeswehr, die bekommt er nie wieder, da hat er etwas Sicheres!“

Tanja schaute ihn fassungslos an. Wie konnte es Felix nur mit so einem Vater aushalten. Der schien ja wirklich alles besser zu wissen.

„Aber das muss doch Felix entscheiden“, gab sie so höflich wie möglich zu bedenken.

„Felix konnte sich noch nie richtig entscheiden. An einem so wichtigen Wendepunkt in seinem Leben können wir ihn mit seinen Entscheidungen nicht allein lassen!“, erklärte Herr Woldmann und ging in das Nebenzimmer, wo bereits der Kaffeetisch gedeckt war.

„Kommen Sie, Tanja“, sagte die Mutter leise. „Gehen wir zu den Herren und warten auf Felix.“

Tanja überlegte, wen die Mutter mit ‚Herren‘ meinte, doch dann fiel es ihr ein. Kapitänsleutnant Krafft sollte ja ebenfalls kommen, um Felix die Laufbahn beim Bund zu sichern!

Am Kaffeetisch rutschte Tanja unruhig auf ihrem Stuhl hin und her. Sie linste immer wieder zur Wanduhr und war froh, als es endlich schellte.

Felix kam herein. Er sah Tanja erstaunt an. Sie lächelte und zwinkerte ihm vertraulich zu.

„Da bist du ja“, begrüßte der Vater ihn knapp und räusperte sich. „Bevor wir zum Kaffeetrinken schreiten, möchte ich aus gegebenem Anlass in Erinnerung rufen: Wir, deine Eltern, haben deine Entscheidungen bisher immer begleitet und dir den ein oder anderen guten Rat gegeben!“

Tanja beobachtete Felix, während sein Vater sprach: Er wurde ganz blass und starrte mit angespanntem Gesichtsausdruck vor sich auf den Teller.

„Mein Freund Burkhard hat dankenswerterweise die Papiere unterschriftsreif mitgebracht“, fuhr Herr Woldmann fort. „Ich würde dich bitten, jetzt zu unterschreiben, dann haben wir die Sache vom Tisch.“

„Unterschriftsreif?“ Felix blickte seinen Vater fassungslos an. Tanja schaute von Felix zu seinem Vater und wieder zurück. Sie konnte auch nicht glauben, was sie da hörte. Die setzten ihren Sohn ja richtig unter Druck.

„Also Papa“, begann Felix, wurde jedoch von seinem Vater unterbrochen.

„Und wenn du es deinen Eltern zuliebe tust.“

„Moment mal!“, mischte sich Frau Woldmann ein. Sie schien nicht einverstanden mit dem, was ihr Mann sagte.

„Lass Mama, ich weiß, was ich zu tun habe!“, entgegnete Felix.

„Daran habe ich nie gezweifelt“, versicherte Herr Woldmann und lehnte sich zufrieden in seinem Stuhl zurück.

Tanja blickte erschrocken zu Felix. Er wollte doch nicht? Sie ballte die Hände zu Fäusten und presste die Lippen fest zusammen, um nicht loszubrüllen. Als Offizier würde er niemals glücklich werden.

„Ich verzichte!“, hörte sie Felix mit fester Stimme sagen. „Ich werde nicht Offizier!“

Sie schaute zu ihm rüber und atmete tief durch. Bravo, Felix!, jubelte sie innerlich. Er warf ihr einen kurzen Blick zu, dann wandte er sich an seinen Vater.

„Ich würde mal wieder nur tun, was du willst! Ich bin aber alt genug, für mich selber zu entscheiden!“

„Und was machst du dann? Schiffe bauen?“ Herr Woldmann lachte spöttisch, doch Felix schüttelte den Kopf.

„Das geht dich nichts an. Ihr habt euch immer eingemischt, aber ich werde mein eigenes Leben leben.“

„Lächerlich“, ereiferte sich sein Vater. „Sprücheklopfer. Wer zahlt denn, wenn es darauf ankommt?“

„Du nicht mehr!“, gab Felix wütend zurück. „Ich werde dich sicher nicht mehr nach Geld fragen. Mir fällt schon was ein.“

Felix erhob sich von seinem Stuhl und verließ den Raum. Entsetzt schauten seine Eltern ihm nach. Tanja konnte sich ein Schmunzeln nicht verkneifen und eilte ihm hinterher.

„Hey! Warte!“, rief sie.

Felix drehte sich um. Er hatte Tränen der Wut in den Augen. Tanja nahm seine Hand und drückte sie leicht.

„Du hast übrigens einen Vorstellungstermin bei der Colme-Werft!“ Sie lächelte ihn an und reichte ihm das Schreiben. Sie war so stolz auf ihn. Es war nicht leicht, sich für sein eigenes Leben zu entscheiden, und nicht immer konnte man die eigenen Träume mit den Wünschen der Eltern vereinbaren.

11.
Das Aus für Tanja

Sonntag, 28. Mai
Ich dachte echt, jetzt wären Felix und ich erst mal aus dem Schlimmsten raus, aber dieses Jahr ist alles wie verhext: Meine Abschlussprüfung in der Reederei steht vor der Tür, und ich habe die ganze letzte Zeit gepaukt. Felix ist süß! Der fragt mich ab, so oft er kann, und hält mir auch sonst die Stange. Er kocht mir was Tolles oder zwingt mich zu einem Spaziergang an der frischen Luft. So ne Unterstützung kann ich jetzt gut gebrauchen.

Ist aber auch komisch, dass die Ausbildung jetzt vorbei sein soll. Irgendwie kommt's mir vor wie das Ende der Schonzeit. Jetzt kann also das ‚wahre Berufsleben' beginnen. Ich werde wohl in der Reederei bleiben. So gesehen ändert sich nicht viel. Aber ich werde endlich mehr Verantwortung und auch mehr Geld haben.

„Was sind die Voraussetzungen für eine Akkreditivverlängerung?" Felix saß mit Tanja auf der Terrasse und half ihr bei den Prüfungsvorbereitungen.

„Die Ladung muss an Bord und mit Stauvermerk

bestätigt sein.“ Tanja strich sich eine Strähne aus dem Gesicht. Sie war echt gut vorbereitet, obwohl sie nie gedacht hätte, dass sie den ganzen Stoff je in den Kopf bekommen würde.

„Mann, wie oft habe ich zwischendrin gedacht, ich werfe den ganzen Mist einfach hin, gehe an den Strand oder spiele Bass, anstatt irgendwelche Akkreditivverlängerungen zu besorgen!“

„Du wolltest deine Ausbildung hinwerfen? Davon hast du nie was gesagt“, empörte sich Felix. Doch Tanja winkte ab.

„Nicht wirklich. Aber manchmal hat es mich ganz schön genervt, immer rumkommandiert zu werden, als hätte ich von überhaupt nichts ne Ahnung.“

Felix verdrehte gespielt die Augen. „Hey, du machst morgen deine Prüfung mit Auszeichnung und kriegst ein eigenes Büro. Und wie ich dich kenne, leitest du in einem Jahr eine eigene Abteilung, jettest ständig in der Welt rum und kennst mich womöglich gar nicht mehr.“

„Quatsch!“, rief Tanja aufgebracht. „Ich bin doch keine Karrieretussie. Oder seh ich so aus?“

„Man kann nie wissen, wie der Job einen verändert“, neckte Felix sie und gab ihr lachend einen Kuss. Tanja schmiegte sich an ihn.

„Ich finde es wunderbar, dass du ein paar Tage frei hast. Nach der Prüfung bleiben noch drei Tage für uns!“, schwärmte sie.

„Ja, aber heute musst du noch mal arbeiten gehen. Dein letzter Tag!“

Tanja schaute entsetzt auf die Uhr. Stimmt, sie musste ja los! In der Reederei wartete noch eine Menge Arbeit auf sie.

Tanja klopfte an die Tür von Jens Behrendt, dem Juniorchef. Sie wollte einen holländischen Reeder zu ihm führen, der wegen eines neuen Auftrags gekommen war. Doch Behrendt reagierte nicht. Aber er musste doch da sein, überlegte Tanja stirnrunzelnd und öffnete vorsichtig die Türe.

„Oh!“ Tanja zuckte zurück – Ulrike in den Armen des Juniorchefs!

„Einen Augenblick noch“, bat sie den Reeder und wartete darauf, dass man sie hereinbat.

Das Gerücht über Ulrike und den Juniorchef ging schon seit einer Weile in der Reederei um. Allerdings hatte Tanja nie viel darauf gegeben. In so einer Firma erzählte man sich immer eine Menge Dinge. Irgendwie hatte sie gedacht, dass Ulrike es ihr gesagt hätte, wenn tatsächlich was dran wäre.

Als Tanja endlich ins Büro gebeten wurde, blickten Ulrike und Jens Behrendt sie an, als sei nichts gewesen.

„Herr Basten, ein holländischer Reeder! Er wollte zum Chef, doch der ist heute nicht da …“, stellte Tanja den Kunden vor.

„Sie können die Belange der Geschäftsleitung gerne auch mit Jens Behrendt, dem Juniorchef, bereden!“, verkündete Ulrike und verließ mit Tanja das Büro.

„Du hast wirklich eine seltene Begabung, immer zur falschen Zeit am falschen Ort zu sein“, fügte sie leise hinzu, als sie draußen waren.

„Entschuldigung“, murmelte Tanja.

„Ich weiß ja, dass du keine Quatschtante bist, aber es wäre wirklich nicht gut, wenn das hier in der Firma die Runde macht“, ermahnte Ulrike sie und ging davon.

Tanja nickte und schaute ihr nachdenklich hinterher. Ulrike hatte sich ganz schön verändert. In letzter Zeit war sie immer total kurz angebunden und im Stress. Sie hatte nur noch ihre Karriere im Kopf. Eigentlich war es nicht verwunderlich, dass sie mit dem Juniorchef der Firma anbändelte.

Tanja machte sich auf den Weg zu Köhlers Büro. Als sie in dessen Zimmer schaute, erblickte sie als erstes Lars. Der Streber hatte ihr heute gerade noch gefehlt. Ihr alter Klassenkamerad war einer, der sich in der Firma nach oben schleimte.

„Lars!“, tönte Köhler, noch bevor Tanja etwas sagen konnte. „Irgendjemand hat Herrn Basten zum Juniorchef geführt. Haben Sie denn das Telefon nicht gehört, als man ihn anmelden wollte?“ Köhler war sichtlich verärgert.

„Das war ich!", mischte Tanja sich betreten ein. „Er wollte zum Chef, und da der nicht da ist, habe ich ihn zum Junior geführt."

„Ja wissen Sie denn nicht, was das für Konsequenzen haben kann?", wetterte Köhler.

Tanja schüttelte verwundert den Kopf. Was sollte es für Konsequenzen haben, wenn ein Kunde mit dem Juniorchef anstatt mit dem Chef verhandelte? Irgendetwas stimmte hier doch nicht …

Tanja hatte Recht. In der Reederei stimmte tatsächlich so einiges nicht! Ihre Kollegin Hanne klärte sie auf. Sie war schon lange in der Firma und bekam irgendwie immer mit, was man so redete.

„Naja, den Gerüchten nach ist die Reederei pleite. Der alte und der junge Behrendt sind sich offensichtlich nicht einig darüber, was jetzt passieren soll."

„Pleite?" Tanja starrte Hanne ungläubig an. Aber wieso hatte sie davon nichts mitbekommen?

„Ja! Und der Seniorchef versucht neue Kunden zu werben. Köhler sollte da wohl einige Verträge aushandeln. Unter anderem mit diesem Basten. Aber der Juniorchef und Ulrike versuchen hinter seinem Rücken Konkurs anzumelden."

Tanja wusste nicht, was sie sagen sollte. In ihrem Kopf drehte sich alles: Die Firma stand vor dem Aus? Aber sie machte doch morgen ihre Prüfung und dann …, dann wollte sie hier weiter arbeiten.

„Verstehst du, Tanja? Der Senior will die Firma und unsere Arbeitsplätze retten, und Ulrike drängt den Junior aufzugeben." Hanne lachte bitter. „Klar, dann können die beiden sich aus der Konkursmasse ein schönes Leben machen."

Tanja hätte sich ohrfeigen können. Sie war so dumm gewesen, einen Kunden, der Geld bringen konnte, zum Juniorchef zu bringen. Wahrscheinlich hatte der junge Berendt den holländischen Reeder unverrichteter Dinge nach Hause geschickt. Aber sie hatte von alldem ja nichts gewusst! Sie war so mit der Lernerei beschäftigt gewesen, dass sie gar nicht mitbekam, was in der Firma lief.

Niedergeschlagen betrachtete sie Hanne. Sie hatte den Kopf auf die Hände gestützt und machte ein sorgenvolles Gesicht.

„Ich habe echt Angst, Tanja! Ich meine, du bist jung, du findest Arbeit, aber ich?"

Tanja wollte etwas sagen, doch in dem Moment klingelte Ulrikes Telefon. Gedankenverloren hob Tanja den Hörer ab.

„Hallo?" Am anderen Ende fragte jemand auf Englisch, ob er Ulrike sprechen könne. „Miss Cramer is not available!" Tanja teilte dem Anrufer in perfektem Englisch mit, dass Ulrike nicht erreichbar wäre und fragte, ob sie etwas ausrichten könne. Während sie zuhörte, runzelte sie die Stirn. Als das Gespräch beendet war, legte sie ganz langsam den Hörer auf.

„Was ist los?", fragte Hanne.

„Ulrike hat ein Büro in New York gemietet", bemerkte Tanja tonlos. „Ab nächsten Monat!"

Montag, 29. Mai
Morgen ist Prüfung. Ich dachte, dann hätte ich es endlich geschafft. Aber jetzt ist alles ganz anders. Die Firma ist pleite und niemand weiß, wie es weitergehen soll.

Und wofür mache ich dann morgen meine Prüfung? Wenn alles den Bach runtergeht und ich danach ohne Arbeit dastehe. Ich habe echt nicht die geringste Ahnung, was dann kommt. Klar, die Reederei geht mir oft auf den Keks, und in den dämlichen Kostümchen fühle ich mich total unwohl. Aber es ist mein Job, das habe ich gelernt, und irgendwie macht es mir auch Spaß.

Am nächsten Tag fuhr Tanja vor der Prüfung noch schnell zur Reederei. Sie wollte dem Seniorchef Bescheid sagen, dass sein Sohn wahrscheinlich den holländischen Reeder vertrieben hatte. Vielleicht konnte er ja noch irgendetwas retten.

Doch als sie an der Reederei ankam, stand ein Krankenwagen vor der Türe. Jens Behrendt sprach aufgeregt mit einem Sanitäter. Auch Ulrike, Köhler und Hanne waren da.

„Was ist los?", fragte Tanja ängstlich.

„Der Chef hat einen Kreislaufzusammenbruch gehabt", erzählte Hanne aufgeregt und fügte bedeutungsvoll hinzu: „Nach einem Gespräch mit seinem Sohn!"

Beunruhigt beobachtete Tanja die Szene. Dann wusste der Chef wohl schon, dass sein Sohn ihn hinterging. Klar, dass der zusammengebrochen war. Tanja schaute zu Ulrike. Die zog Jens Behrendt gerade vom Krankenwagen weg. Tanja schlich sich näher an die beiden heran.

„Hat dein Vater den Antrag auf Konkurs unterschrieben?", fragte Ulrike mit aufgeregter Stimme.

„Ist das jetzt dein Ernst?", zischte Jens Behrendt. „Verstehst du nicht, mein Vater hat gerade einen Zusammenbruch gehabt. Ruf Herrn Basten an. Ich werde nämlich jetzt die Verträge machen, die mein Vater machen wollte." Dann ließ er Ulrike stehen und ging zum Wagen, um ins Krankenhaus zu fahren.

Tanja wandte sich mit strengem Gesichtsausdruck an Ulrike. „Er hat gesagt, du sollst Herrn Basten anrufen!"

Ulrike musterte sie mitleidig. „Der holländische Reeder ist an unserem Angebot nicht interessiert", erklärte sie entschieden und ging in die Reederei. Tanja schaute ihr entgeistert hinterher. Wie hatte sie Ulrike nur jemals als ihre Freundin ansehen können?

„Tanja!", hörte sie plötzlich die Stimme von Köhler. „Was machen Sie denn hier? Sie haben doch Prüfung!"

Tanja schaute auf die Uhr. Es half alles nichts. Sie musste endlich diese verdammte Prüfung hinter sich bringen.

Nervös saß sie vor der Kommission. Sie hatte anfangs Mühe sich zu konzentrieren. Doch je mehr Fragen man ihr stellte, um so mehr kam sie in Fahrt. Das Ganze lief wie am Schnürchen. Und das Ergebnis konnte sich sehen lassen: Zwei Zweier und eine Eins!

Tanja war stolz, sehr stolz sogar. Aber richtig freuen konnte sie sich nicht. Was nützten gute Noten, wenn sie keinen Arbeitsplatz mehr hatte? Nach der Prüfung fuhr sie direkt zur Reederei. Doch da stand sie vor verschlossenen Türen.

„Vergiss es, hier ist zu", rief Hanne von weitem. Sie kam von einem der hinteren Ausgänge und war auf dem Weg zum Parkplatz.

Tanja blickte sie ungläubig an. „Geht es dem Chef schlechter?"

„Nein, dem geht es verhältnismäßig gut. Aber hier ist das totale Chaos. Jens Behrendt und Köhler versuchen die Charterverträge mit dem holländischen Reeder zu retten."

„Aber das ist doch gut!" Tanja strahlte, doch Hanne schüttelte den Kopf.

„Der Konkurs wird überprüft, ja. Aber wenn er abgewendet wird, dann bestehen die Banken darauf, dass die Reederei an eine große amerikanische Firma verkauft wird. Das würde in jedem Fall Einbußen von Arbeitsplätzen bedeuten."

Tanja nickte. Ja, da hatte Hanne wohl Recht. Die Zukunft sah wirklich verdammt düster aus. Die neuen Besitzer würden die ehemaligen Azubis bestimmt nicht übernehmen. Und außer der Reederei gab es in der Nähe keine Firma, bei der sie arbeiten konnte!

Am Nachmittag ging Tanja mit Felix am Strand spazieren und erzählte ihm von den neuen Entwicklungen in der Reederei.

„Ich will nicht woanders arbeiten!" Tanja ließ sich erschöpft in den Sand fallen. „New York, Tokio, London ..., das interessiert mich nicht. Ich mag die Ostsee, ich fühle mich hier zuhause!" Sie schaute auf das Meer hinaus. Es war windig und am Himmel waren kleine Wolken zu sehen. Es war wunderschön. Nirgendwo auf der Welt sah das Meer so aus!

„Und ich will auch nicht bei irgendeiner anderen Firma so ne Karriere-Lady werden wie Ulrike. Lieber geh ich Fischbrötchen verkaufen."

„Sag mal, du hast doch gerade die beste Prüfung aller Zeiten gemacht?", warf Felix ein.

„Ja, aber was nützt das. Die Reederei wird verkauft, und ich glaube nicht, dass ich übernommen werde." Sie klang müde und verzweifelt.

Felix legte schweigend seinen Arm um sie und drückte sie an sich.

„Felix, weißt du noch, was du letztens zu mir gesagt hast? ‚Eigenes Büro, eigene Abteilung, in der Welt rumjetten', das hast du gesagt. Und jetzt? Pustekuchen."

„Naja, ich weiß, das klingt blöde, aber …" Felix machte eine Pause.

„Aber was?"

„Wenigstens bleibst du mir erhalten! Ich meine, wenn du nicht nach New York oder so gehst."

„Na, hoffentlich sagst du das auch noch, wenn du die Miete für unsere Wohnung alleine zahlen musst", witzelte Tanja.

„Darauf kannst du wetten!", erwiderte Felix voller Überzeugung und gab ihr einen langen zärtlichen Kuss. Tanja kuschelte sich dankbar an ihn.

Am nächsten Tag wurde Tanja zum Seniorchef bestellt. Er war quasi direkt vom Krankenhaus wieder in die Firma geeilt. Tanja hatte ein mulmiges Gefühl, als sie über den langen Flur zu seinem Büro ging.

„Frau Büsing, setzen Sie sich doch bitte." Der Konsul hatte in seinem breiten Ledersessel Platz genommen und schaute sie freundlich an. Zögernd setzte sie sich.

„Ich habe schon gesehen, Sie haben mit Auszeichnung bestanden", fuhr der Konsul fort. „Das freut mich sehr." Nach einer kurzen Pause sagte er: „Ich weiß nicht, ob Sie es schon gehört haben: Wir werden übernommen, von der Packard Line."

Tanja nickte und schaute auf den Boden. Sie ahnte, was jetzt kam.

„Allerdings, was ich jetzt tun muss, ist nicht in meinem Sinne, Frau Büsing", fuhr er fort. „Ich habe lange versucht, es zu verhindern, aber letztendlich musste ich nachgeben. Wir können nicht alle Arbeitsplätze erhalten, wir sind jetzt kein eigenes Unternehmen mehr, nur noch eine Filiale."

„Ich weiß, was Sie mir sagen wollen. Ich werde nicht übernommen. Ich kann gehen", sagte Tanja tonlos.

„Frau Büsing, das ist nichts Persönliches. Sie sind doch noch jung. Und wenn Sie eine persönliche Referenz von mir möchten: Jederzeit!"

Tanja schaute zu Boden. Es war aus! Sie war tatsächlich ohne Job! Bevor dieser Gedanke richtig von ihr Besitz ergreifen konnte, verabschiedete sie sich schnell vom Seniorchef. Wie betäubt ging sie in ihr Büro und packte ihre Sachen zusammen. Als sie fertig war, bedankte sie sich bei Hanne für die nette Zeit, die sie zusammen im Büro hatten, und ging dann sehr langsam hinaus.

Vor dem Gebäude drehte sie sich noch einmal um: Tja, das war es dann, dachte sie. Hier habe ich viel gelernt, aber auch viel Ärger gehabt. Nachdenklich schaute sie zwei Kolleginnen hinterher, die in ihren dunkelblauen Kostümen Richtung Parkplatz gingen.

Vielleicht hatte diese ganze Sache auch etwas Gutes, überlegte sie kampflustig. Vielleicht musste das passieren, damit aus Tanja wieder Tanja wurde, und damit sie etwas Neues anfangen konnte.

Sie fuhr zu einer Tankstelle und kaufte eine Flasche Champagner. Nein, sie würde sich nicht unterkriegen lassen! Sie wusste, wo sie jetzt hingehörte: Zu ihren Freunden, zu Felix und Nils und den anderen.

„Hi, ach hier seid ihr!“ Tanja stürmte auf Nils und Felix zu. Sie saßen in zwei Strandkörben und winkten.

„Champagner? Gibt es was zu feiern?“ Felix schaute Tanja erwartungsvoll an.

„Ich bin arbeitslos!“, verkündete sie und ließ sich erschöpft in den Sand fallen.

Felix machte erschrocken einen Schritt auf sie zu und legte ihr den Arm um die Schulter. Nils schaute sie hilflos an.

„Hey. Nun glotzt doch nicht so. Das Leben geht weiter!“, rief sie. „Und jetzt machen wir die Flasche auf. Ich hab jetzt Urlaub!“ Energisch strich sie sich die Haare aus der Stirn und machte sich daran die Champagnerflasche zu öffnen.

Nils schüttelte ungläubig den Kopf. „Mensch, du bist ja ganz schön cool.“

Bin ich nicht, dachte Tanja. Ich habe nur beschlossen nicht aufzugeben. „Was soll mir passieren. Ich hab ja euch! Oder etwa nicht?“ Sie lachte Nils und Felix an. Die beiden grinsten zurück, und dann ließ Felix den Korken lautstark in die Luft fliegen.

12.
Besuch von einem Unbekannten

Montag, 12. Juni
Ich hänge jetzt schon ne ganze Weile ohne Job rum. Ich meine, ich arbeite schon immer, aber es ist halt nie was Festes. Wenigstens kann ich jetzt wieder meine normalen Klamotten anziehen: bequeme Hosen, bunte T-Shirts und Jeansjacken. Natürlich auch Röcke, aber nur dann, wenn i c h es will. Die Kostüme habe ich meiner Mutter vererbt. Gaby stehen die Sachen echt gut.

Aber viel aufregender als früher ist mein Leben nicht geworden. Klar, als ich versucht habe unsere Jugendkneipe, das Keep off, vor der Schließung zu retten, da war schon ne Menge los: Benefizveranstaltung, Konzert und so. Aber irgendwie ist der Laden nicht mehr meine Welt. Früher war ich da total gerne, aber jetzt sind da ganz andere Kids, so wie Paula, die Tochter von Köhler.

Naja, und jetzt jobbe ich bei Bianca im Café. Das ist echt nicht der Hit! Aber irgendwo muss ich ja Kohle verdienen. Nur von dem Sold von Felix können wir ja auch nicht leben. Aber irgendwas muss noch passieren in meinem Leben.

Morgen will Schermutzki mich treffen. Mal sehen, was der mal wieder auf dem Herzen hat. Der ist ja eher für die Abteilung ‚Nörgeln und Spaß verderben' zuständig. Aber hin muss ich schon. Jedenfalls hat er total geheimnisvoll getan am Telefon.

„Nun, Tanja, warum ich Sie her gebeten habe: Wir erwarten morgen hohen Besuch!" Schermutzki lehnte sich genüsslich in dem Sessel von Tanjas Vater zurück. Der war mit ihrer Mutter in Paris, und Schermutzki genoss es, sich ein wenig als Chef aufzuspielen.

„Ah ja?" Tanja schaute ihr Gegenüber interessiert an.

„Einen Schriftsteller! Stellen Sie sich vor, er schreibt einen Reisebericht über den Flug der Wildgänse von Afrika in ihre Heimat, und der führt ja bekanntlich über Warnemünde."

„Ist ja abgefahren!", staunte Tanja. Klang irgendwie verrückt: Wer schrieb schon über den Flug der Wildgänse?

„Naja, und wenn dieser Schriftsteller unser Warnemünde in den wärmsten Farben schildern würde, wäre das sicher gut für unseren Tourismus!", erklärte er weiter.

„Schon, aber was hat das mit mir zu tun?"

„Naja, Sie werden mir doch sicher zustimmen, dass ein Schriftsteller eine Stadt in einem ganz anderen

Licht sieht, wenn er von einer jungen hübschen Dame begleitet wird?“

So war das also, dachte Tanja. Ganz schön clever, der gute Schermutzki!

„Ich dachte auch, dass Sie einen kleinen Nebenverdienst gut gebrauchen könnten“, fügte er lächelnd hinzu.

„Wirklich nett, dass Sie an mich denken“, bedankte sich Tanja. „Aber ich habe keine Zeit. Ich habe einen Job und ich streiche gerade meine Wohnung.“

Verdutzt schaute Schermutzki sie an. Aber Tanja war schon halb aus der Türe. Klar, sie brauchte Kohle, aber sie hatte im Moment wirklich wenig Zeit. Und der Gedanke, mit irgendeinem Typen den ganzen Tag durch die Stadt zu rennen, war nicht gerade verlockend.

Nach dem Gespräch mit Schermutzki kaufte Tanja noch Farbe ein. Dann machte sie sich auf den Heimweg. Zuhause wartete eine Menge Arbeit auf sie. Die Wohnung sah aus, als hätte eine Bombe eingeschlagen. Aber das brachten Renovierungsarbeiten nun mal so mit sich.

Tanja hatte gerade die letzten beiden Farbeimer die Treppe hochgehievt, als sie Felix' Stimme hörte.

„Tanja?“

„Hier bin ich!“, antwortete sie fröhlich. Mit schnellen Schritten kam Felix die Treppe hoch. „Ich will das Wohnzimmer in einer anderen Farbe haben! Sonnengelb!“, erklärte Tanja und gab Felix einen Kuss. „Was meinst du wie warm das wirkt! Nils und Jola helfen mir.“

„Und das muss ausgerechnet jetzt sein? Ausgerechnet heute?“ Felix räumte wütend einen Farbeimer aus dem Weg.

„Warum nicht heute?“ Tanja war vollkommen verdattert.

„Weil ich heute einen Film schauen wollte und weil ich müde bin und überall ist nur Chaos und ...“

„Dann geh doch ins Bett“, entgegnete Tanja enttäuscht. „Ich dachte, du freust dich.“

„Ich habe mich auf einen ruhigen Abend mit dir vor dem Fernseher gefreut“, kam es verärgert von Felix. „Wo ist der überhaupt?“

„Den kannste haben, wenn das das Wichtigste ist. Echt, du bist unglaublich spontan geworden bei der Bundeswehr ...“

Es war ja toll, dass Felix jetzt abends immer nach Hause durfte und nicht mehr in der Kaserne pennen musste, aber irgendwie war er auch immer ganz schön genervt und wollte nur seine Ruhe haben.

„Vielleicht will ich ja nur vorher mal gefragt werden. Vielleicht hasse ich Sonnengelb“, rief Felix entnervt und versuchte sich zwischen den Möbeln durchzuschlängeln. „Was ist das hier überhaupt?“ Felix zeigte auf eine riesige Kiste. Sie war am morgen geliefert worden. Tanja hatte in der Aufregung ganz vergessen, davon zu erzählen. Dabei verstand sie überhaupt nicht, was das Ding bei ihnen sollte.

„Wurde gebracht. Für einen Nikolas Brook oder so …“

„Verdammt, das habe ich ja ganz vergessen!“ Felix stöhnte. „Das ist mein Cousin, der wollte für ein paar Tage hier übernachten.“

„Toll! Ausgerechnet, wenn wir renovieren.“

Schweigend schaute Tanja Felix an. Warum konnte er sich gar nicht mehr über solche Aktionen freuen? Nur noch alles geplant, und am liebsten vor dem Fernseher abhängen … Sie hatte wirklich gedacht, er würde sich freuen.

Felix beobachtete sie eine Weile. Schließlich kam er langsam auf sie zu. „Tut mir Leid! Okay?“, sagte er in versöhnlichem Ton. „Wir hören damit auf, ja?“

„Magst du wirklich kein Sonnengelb?“ Tanja war etwas verunsichert.

„Sonnengelb ist okay.“ Er schloss seine Arme um sie und gab ihr einen Kuss.

Wenig später hatten Tanja und Felix den Fernseher auf die geheimnisvolle Kiste gehievt und es sich im Bett gemütlich gemacht. Einige Kerzen gaben dem fast leeren Raum sogar eine gewisse romantische Stimmung.

„Ich wüsste ja zu gerne, was in der Kiste ist“, überlegte Tanja.

„Tja, das wirst du aber erst morgen erfahren!“ Felix zuckte die Schultern.

„Ist er wenigstens nett, dein Cousin?“

„Der ist schon okay. Obwohl er in der Familie mehr so das schwarze Schaf war. Er ist eben ein bisschen anders.“

Tanja nickte und wandte sich wieder dem Geschehen im Fernsehen zu.

„Hey. Was macht die denn?“, rief sie und knuffte Felix in die Seite. „Die kann den doch nicht küssen! Die ist doch mit dem schönen Cliff verheiratet!“

„Warte mal ab, da passieren noch ganz andere Sachen“, entgegnete Felix, der den Film schon einmal gesehen hatte. Sie grinsten sich an, und Tanja kuschelte sich etwas enger an Felix. Manchmal genoss sie es ja auch, am Abend vor der Glotze abzuhängen, aber eben nur manchmal.

Am nächsten Morgen fuhr Tanja zum Boot, um Nils und Jola, ihre beiden ‚Helfer‘ für die Anstreicharbeiten abzuholen. Als sie ihren Wagen parkte, stand Nils noch in Unterhose und T-Shirt an der Reling. In der Hand hielt er eine Kaffeetasse.

„Oh Schande über uns. Wir sind zu spät, wir haben verschlafen“, rief er und winkte Tanja zu. „Ich gestehe: Ich bin schuld, Asche auf mein Haupt!“

Tanja fing an zu lachen und stieg aus. Typisch Nils, dachte sie amüsiert.

„Hey, bloß keine Hektik!“, rief sie ihm zu und schlenderte dann ein wenig den Kai entlang. Schön, diese Vormittage, an denen man Zeit hatte und an denen man die Freunde sehen konnte. Tanja atmete die frische Luft ein. Wenige Meter entfernt versuchte ein junger Mann gerade sein Schiff festzumachen. Neugierig ging Tanja näher ans Wasser.

„Soll ich Ihnen helfen?“, rief sie zu ihm herüber.

„Gerne!“, antwortete der Typ und strahlte Tanja an. Sie erwiderte sein Lächeln. Er sah gut aus: braun gebrannt, Schnäuzer und Dreitagebart, sportliche Figur.

„Danke, Sie sind sicher Frau Schermitzki?“

„Äh, nein. Gott behüte. Ich warte nur hier!“ Aha, dachte sie. Damit wäre also auch geklärt, wer das war: Schermutzkis Schriftsteller.

„Schade!“, kam es prompt von dem jungen Mann und er schaute ihr eine Sekunde lang tief in die Augen.

„Sie meinen sicher den Herrn Schermutzki“, stellte Tanja fest und schaute sich um.

„Da kommt er übrigens“, rief sie und winkte ihm zu.

„Wirklich schade, dass sie nicht Herr Schermutzki sind“, bedauerte der junge Mann nochmals und verabschiedete sich mit einem charmanten Augenzwinkern.

Tanja sah ihm hinterher. Doch da hörte sie die Stimmen von Nils und Jola hinter sich.

„Kennst du den?“, fragten sie Tanja leicht verwundert.

„Nein, eigentlich nicht. Ich weiß nur, dass er einen Reisebericht über den Flug der Wildgänse schreibt.“

„Echt, ist ja abgedreht“, begeisterte sich Jola.

„Ja, finde ich auch“, bemerkte Tanja und schaute dem Schriftsteller ein letztes Mal hinterher

Tanja, Jola und Nils waren gerade dabei die Wohnzimmerwände in ein strahlendes Gelb zu tauchen, als es klingelte.

„Das ist bestimmt der Cousin von Felix“, rief Tanja und sprang auf.

„Der kommt doch genau richtig“, freute sich Nils, der offensichtlich darauf hoffte, etwas Hilfe zu bekommen.

Tanja öffnete die Türe. Das war doch … Sie traute ihren Augen nicht: Vor ihr stand der Typ vom Morgen.

„Na, das nenne ich eine Überraschung! Bist du etwa … Sonja?“

Tanja lächelte amüsiert. Konnte ja sein, dass der Typ Ahnung von Wildgänsen hatte, aber mit Namen hatte er es wirklich nicht.

„Tanja!“, korrigierte sie ihn.

„Nikolas. Felix’ Cousin!“

„Das hätte ich mir eigentlich auch denken können!“ Tanja bat ihn herein.

Nikolas zog eine Feder aus der Tasche und reichte sie Tanja mit einem Lächeln. Verwirrt betrachtete sie die hübsche Feder. Ein merkwürdiges Geschenk, aber irgendwie … originell.

„Das ist Nikolas, und das sind Jola und Nils!“, machte Tanja die drei miteinander bekannt, nachdem sie in die Wohnung gegangen waren.

„Hey, der Mann mit den Wildgänsen!“, rief Nils.

„Ich wusste gar nicht, dass ich schon so berühmt bin“, entgegnete Nikolas mit einem breiten Grinsen.

Nils zeigte auf die Kiste. „Was ist denn da drin?“

Nikolas machte ein geheimnisvolles Gesicht und ließ sich ein Messer geben.

„Etwas ganz Wunderbares ist darin, etwas unfassbar Kostbares, Lebensnotwendiges …“, tönte er mit gespielter Theatralik und machte sich daran die Kiste zu öffnen. „Mein neuer Generator!“ Nikolas schaute stolz auf den Apparat in der Kiste.

„Ein Generator!“, rief Jola enttäuscht.

„Na, hör mal. Auf meinem Boot konnte ich tagelang nicht duschen. Ohne fließend Wasser bist du nur ein halber Mann …“

Tanja beobachtete ihn amüsiert. Der Typ war ja unglaublich! So jemanden hatte sie noch nie kennen gelernt. „Komm, ich zeig dir mal die Küche“, sagte sie und ging mit ihm hinaus.

„Du musst zum Schlafen leider hier mit der Küche vorlieb nehmen. Felix hat mir gestern erst gesagt, dass du kommst und …“

„Das ist okay, ganz wunderbar!“ Nikolas schaute sich in der Küche um. Dann blieb sein Blick an Tanja hängen. „Felix hat es schon richtig weit gebracht“, bemerkte er mit einem Augenzwinkern.

Tanja schaute verlegen zu Boden. Irgendwie verunsicherte Nikolas sie. Er hatte eine Art an sich, das konnte man nicht beschreiben, aber wenn er sie anblickte, dann spürte sie, dass sie ein bisschen rot wurde, und das war eigentlich nicht ihre Art.

13.
Die Stadtführung

Am Abend musste Tanja bei Bianca im Café arbeiten. Sie wäre viel lieber zu Hause geblieben und hätte noch etwas mit Nikolas gequatscht.

„Naja, ich geh dann mal!"

„Echt schade, dass du arbeiten musst!", entgegnete Nikolas.

„Tja, that's life! Aber Felix kommt gleich und dann könnt ihr wenigstens in Ruhe in Erinnerungen schwelgen."

„Ja, macht aber nur halb so viel Spaß, wenn man die Erinnerungen nicht einer hinreißenden jungen Dame erzählen kann."

Tanja lächelte verlegen. Sie spürte wie sie schon wieder rot wurde. Dieser Nikolas war echt ein merkwürdiger Typ.

Sie hatte heute überhaupt keine Lust auf die zickigen Gäste im Strandcafé. Ständig moserten sie an irgendwas herum und nie ging es ihnen schnell genug. Sie war ziemlich genervt und Biancas Anwesenheit machte die Sache nicht gerade besser: Sie spielte sich als Chefin auf und im Zweifelsfall hatten immer die Gäste Recht. Als sie endlich Feierabend hatte, war Tanja vollkommen erschöpft.

„Na, euch scheint's ja richtig gut zu gehen", begrüßte sie Nikolas und Felix, als sie nach Hause kam. Auf dem Tisch standen einige leere Bierflaschen und die Jungs lachten sich halb tot über irgendwelche alten Geschichten.

„Kann man so sagen!" Felix grinste Tanja an und gab ihr einen Kuss. „Wie war es denn?"

„Frag mich lieber nicht. Dieser Job ist echt nicht mein Ding!" Tanja war total groggy und wollte einfach nur noch ihre Ruhe haben. Aber bevor sie sich aufs Ohr legte, musste sie unbedingt noch eine Kleinigkeit essen.

„Hey, wer hat denn meinen Vanillejogurt gegessen?", fragte sie verärgert vom Kühlschrank her.

„Oh, das war wohl ich!", entschuldigte sich Nikolas. Ein Lächeln huschte über Tanjas Gesicht. Ihr Gast konnte ja nicht wissen, dass sie nach der Arbeit gerne naschte.

„Hey, bleib doch noch ein bisschen", versuchte Felix sie zu überreden. Auch Nikolas schenkte ihr einen bittenden Blick. Doch Tanja winkte müde ab.

„Nee, lasst mal. Ich verschwinde in die Koje!" Sie ließ die beiden lieber wieder alleine. Felix und Nikolas hatten sich bestimmt eine Menge zu erzählen …

„Verdammt, Tanja, steh auf, es hat geklingelt!“, rief Felix am nächsten Morgen und sprang wie von der Tarantel gestochen aus dem Bett. Tanja versuchte die Augen zu öffnen. Durch schmale Schlitze schaute sie auf den Wecker. Sie hatten verschlafen!

Felix versuchte sich gerade in aller Eile anzuziehen. Sie musste grinsen. Sah nicht besonders gekonnt aus: Sein Hemd hatte er falsch herum an und die Hose hing noch in den Kniekehlen.

„Oh Mann, das gibt Ärger!“, stöhnte er und hastete aus dem Schlafzimmer.

Tanja schaute ihm mitfühlend hinterher. Schnell stand sie auf und zog sich einen Morgenmantel über. Im Flur stand Schermutzki. Felix war schon halb im Treppenhaus.

„Ich muss ...“, rief er Schermutzki noch zu, bevor der dazu kam, eine von seinen besserwisserischen Bemerkungen abzulassen. Tanja schickte Felix einen Handkuss hinterher und wandte sich dann verschlafen an Schermutzki.

„Tut mir Leid, Tanja, wenn ich Sie geweckt habe. Aber ich hatte mit Herrn Brook 9 Uhr vereinbart.“

„Kommen Sie rein!“ Tanja führte ihn in das halb gestrichene Wohnzimmer. „Ich wecke ihn!“

Sie klopfte an die Küchentüre und ging hinein.

„War das Herr Schermatzki?“, fragte Nikolas.

„Schermutzki“, korrigierte Tanja ihn lachend und stellte erstaunt fest, dass Nikolas schon angezogen war. Er war gerade dabei massenweise Vanillejogurts in den Kühlschrank zu räumen.

„Das ist ja nett!“ Tanja strahlte ihn an.

„Naja, wenn ich dir schon gestern deinen Jogurt weggefressen habe!“, erklärte er schuldbewusst. Tanja schaute sich in der Küche um.

„Mensch, du hast ja auch Kaffee gemacht und frische Brötchen sind auch da.“ Sie rief Herrn Schermutzki zu, ob er auch einen Kaffee wollte.

„Wenn es nicht zu viele Umstände macht, gerne!“, kam es aus dem Wohnzimmer zurück. Tanja schenkte ein, doch plötzlich hörte sie ein lautes Krachen, gefolgt von einem kurzen Schrei. Sie stürzte ins Wohnzimmer und da lag Schermutzki unter der eingekrachten Leiter. Er bot einen erschreckenden Anblick, wie er so dalag, alle Gliedmaßen von sich gestreckt.

Tanja bestellte sofort einen Krankenwagen. Innerhalb weniger Minuten waren zwei Sanitäter da und legten Schermutzki auf eine Bahre. Er hatte sich wohl das Bein gebrochen. Warum musste er auch auf die Leiter steigen, um eine schlecht gestrichene Stelle auszubessern, dachte Tanja.

„Wer soll sich denn jetzt um die Geschäfte kümmern“, rief Schermutzki aufgebracht. „Und irgendjemand muss doch auch Herrn Brook die Stadt zeigen …“ Er machte ein richtig verzweifeltes Gesicht. „Tanja, ich weiß, Sie haben keine Zeit, aber angesichts dieses Notfalls.“

Ohne lange zu überlegen willigte Tanja ein. Inzwischen fand sie die Idee, mit Nikolas durch die Stadt zu ziehen, nämlich überhaupt nicht mehr unangenehm. Dann musste das Anstreichen eben warten.

„Ich müsste Nils und Jola absagen“, überlegte sie laut, während sie Schermutzki hinterherwinkte, der gerade zum Unfallwagen getragen wurde.

„Manchmal hat so einen Unfall sein Gutes!“, hörte sie Nikolas hinter sich sagen und drehte sich um. Nur mühsam konnte sie ein Grinsen unterdrücken. Ja, er hatte Recht, irgendwie hatte es sein Gutes …

„Der Leuchtturm hier ist eigentlich das Wahrzeichen von Warnemünde. Morgens und abends wird er aus- und eingeschaltet, immer wenn's dunkel oder hell wird eben.“

Tanja schaute am Leuchtturm rauf und erzählte eifrig, was sie wusste. Als von Nikolas keine Reaktion kam, drehte sie sich verwundert um. Der war einige Schritte hinter ihr geblieben und fotografierte gerade ein Kind in den Armen seiner Mutter.

„Hey, du hörst mir gar nicht zu. Interessiert dich das nicht?“ Tanja setzte sich auf eine Bank.

„Nein, ehrlich gesagt interessiert mich das nicht!“, antwortete Nikolas und setzte sich neben sie. Tanja sah ihn verwundert an. Seine Direktheit irritierte sie und imponierte ihr gleichzeitig.

„Also hör mal, dass ein Leuchtturm ein- und ausgeschaltet wird, das weiß eigentlich jeder." Nikolas' Stimme klang sanft und sehr ruhig. „Aber guck mal, da ist jemand, der sich wirklich mit dem Leben beschäftigt." Er zeigte auf das Kind, das er fotografiert hatte: Es schleckte genüsslich ein Eis. Tanja musste lächeln.

„Ich schreibe einen Reisebericht über die Route der Wildgänse, und ich schreibe ihn für die Wildgänse."

„Für die Wildgänse?" Tanja runzelte die Stirn. Was sollte das denn jetzt schon wieder?

„Stell dir vor, du fliegst als Wildgans in deiner Formation, immer die Küste entlang. Du siehst das Wahrzeichen von Warnemünde, aber weil du nicht landest, siehst du nicht die Menschen und siehst nicht, wie sie zum Beispiel Eis essen auf eine ganz besondere Art."

„Ach, und du schreibst deinen Gänsen auf, was die Leute denken?", erwiderte Tanja neckend.

„Den Gänsen, ja. Aber auch den Menschen, die an allem vorbeifliegen ohne es wirklich zu sehen."

Tanja betrachtete Nikolas aufmerksam. Er hatte den Blick in die Ferne gerichtet und schwieg einen Augenblick. Dann drehte er sich langsam zu ihr um und schaute ihr tief in die Augen.

„Und jetzt zeig mir die Dinge, die für die Wildgänse unter uns unsichtbar sind", forderte Nikolas sie auf.

Tanja machte sich mit Nikolas auf den Weg. Langsam verstand sie, was er meinte. Ja, sie wollte sich auf sein Spiel einlassen, ihn zu den Sehenswürdigkeiten am Rande der großen Touristenattraktionen führen. Und sie begann ihm all die Plätze zu zeigen, an denen ihr Herz hing.

„Die Mole ist mein Lieblingsplatz“, erklärte sie. „Ich fühle mich hier irgendwie geborgen. Es ist so schön ruhig hier.“

Sie blieben stehen und Nikolas fotografierte zwei alte Männer, die an der Mole saßen.

„Fotografierst du immer alle ohne zu fragen?“, wunderte sich Tanja. „Könnte doch auch mal sein, dass die das gar nicht wollen?“

„Ich finde, dass man das spürt, ob man akzeptiert ist oder nicht“, entgegnete Nikolas selbstsicher. „Allerdings gibt es auch Orte, da fühle ich mich unwohl und dann mache ich mich unsichtbar.“

Sie setzten sich auf die riesigen Steine am Rande des Gehwegs. Das Wasser war jetzt direkt neben ihnen. Tanja schaute Nikolas interessiert an.

„Und was machst du dann?“

„Dann mache ich mich unsichtbar!“, wiederholte Nikolas, als sei es das Selbstverständlichste von der Welt, sich unsichtbar zu machen.

Tanja betrachtete ihn. Nikolas kam ihr so … so lebendig vor. Er redete nicht vom Job, vom Geldverdienen, vom Fernsehen oder irgendwelchen langweiligen Dingen. Er redete von tieferen Dingen, von den Gefühlen, dem wirklichen Leben.

„Wie machst du das? Das will ich auch können“, fragte Tanja leise. Nikolas schaute sie an und nahm ihre Hand.

„Ich weiß es nicht“, flüsterte er. „Das kommt von innen heraus. Ich konnte das schon immer. Wenn ich mich in einer Gesellschaft nicht wohl fühle, dann sieht mich plötzlich keiner mehr.“

Unsicher schaute Tanja auf die Hand, dann blickte sie wieder hoch. Sie spürte, wie ein aufregendes Kribbeln durch ihren Körper zog. Nikolas' Nähe, seine Berührungen brachten sie völlig durcheinander. Langsam entzog sie ihm ihre Hand.

„Gehen wir weiter?“, fragte sie. Sie war total verwirrt. Nein, sie konnte jetzt nicht hier mit ihm an der Mole sitzen bleiben. Nikolas hatte irgendetwas Seltsames mit ihr gemacht, mit seinen Worten und mit seinen Blicken.

„Wohin fliegst du zurzeit?“, wollte Nikolas von Tanja wissen, als sie wenig später eine Hafenrundfahrt machten. Sie saßen auf dem Schiffsdeck und tranken Tee.

„Naja, ich bin gerade ein bisschen vom Weg abgekommen“, erklärte Tanja. „Ich muss so ein bisschen rumprobieren. Ich geh mal hierhin, mal dorthin.“ Sie machte eine Pause und dachte an ihren Job, der keinen Spaß machte, und an das Zusammenleben mit Felix, das sich mehr und mehr in eingefahrenen Bahnen bewegte.

„Ich bin auf der Suche nach einer neuen Richtung."

„Meistens kommen die Richtungen ganz von selbst auf einen zu. Du musst nur noch überlegen, welche dir am besten gefällt."

Tanja schaute ihn an und schwieg. Was er sagte, klang so einfach, so unkompliziert. Sie brauchte sich nur für eine Richtung zu entscheiden? Aber sie hatte gar nicht das Gefühl im Moment eine große Auswahl zu haben. Doch irgendetwas würde passieren, da war sie sich sicher.

„Auf die neue Richtung!", prostete sie Nikolas mit der Teetasse zu.

„Auf die neue Richtung", erwiderte er und zwinkerte ihr vertraulich zu.

Mittwoch, 14. Juni
Nikolas ist da. Er ist der Cousin von Felix und ein echt merkwürdiger Typ. Aber toll! Er bringt mich zum Nachdenken. Das hat schon lange niemand mehr gemacht. Und irgendwie bringt er mich durcheinander. Wenn er mich anschaut oder meine Hand hält, dann werde ich richtig nervös. Ich werde kribbelig und manchmal sogar rot, wenn er mir ganz tief in die Augen schaut. Ach, verdammt, was ist nur los mit mir?

Am Nachmittag musste Tanja wieder in Biancas Strandcafé arbeiten. Es war rappelvoll, und sie wurde ganz schön herumgescheucht: hier ein Drink, da ein Eis, Geld kassieren, Tische sauber machen. Gegen fünf kamen Jola und Nils zum Eisessen vorbei. Tanja war immer froh, wenn irgendwelche Freunde da waren, dann war das Arbeiten nicht ganz so öde.

„Und wie war's mit ‚Der-mit-den-Wildgänsentanzt'?“, witzelte Nils. Tanja schmunzelte und schaute aufs Meer hinaus. Sie sah Nikolas in Gedanken vor sich, wie er mit dem Fotoapparat am Strand stand und unglaubliche Geschichten erzählte.

„Sehr nett!“, bemerkte sie nach einer Weile geistesabwesend.

„Oho, seid ihr euch näher gekommen?“, horchte Jola neugierig nach.

„Quatsch“, entgegnete Tanja eilig. „Wir haben halt die Stadt angeschaut, den Leuchtturm und so.“

Sie wollte wieder gehen, doch Nils hielt sie auf.

„Sollen wir das Eis mit den Fingern essen Madame?“, erkundigte er sich scherzend.

„Die Löffel kommen sofort“, rief Tanja zerstreut und wollte zur Bar gehen. Doch in dem Moment stieß sie mit einem Kunden zusammen und das Tablett mit leeren Eisschalen fiel ihr aus der Hand.

„Mist!“, entfuhr es ihr und sie machte sich daran, die Scherben aufzusammeln. Sie war irgendwie vollkommen durch den Wind. Die ganze Zeit musste sie an Nikolas denken.

Uff, das wäre geschafft, dachte Tanja erschöpft, als sie nach Hause kam. Sie rief nach Felix, doch der war anscheinend noch nicht da. Aber in der Küche hörte sie Musik. Sie öffnete die Türe und traute ihren Augen nicht.

Überall brannten Kerzen: auf dem Fensterbrett, auf dem Boden, auf der Anrichte und auf dem wunderbar gedeckten Tisch. Aus dem CD-Player ertönte eine sanfte afrikanische Musik. Tanja hielt den Atem an. Das war wie in einer anderen Welt: sanft, romantisch, fremd.

Nikolas stand am Herd, er hatte sie gar nicht bemerkt. Sie schlich sich von hinten an ihn heran und schaute über seine Schulter.

„Mm, was gibt's denn?"

„Hallo Bärin!", begrüßte er sie und drehte seinen Kopf in ihre Richtung. Tanja hielt die Luft an und wich einen Schritt zurück. Da war er wieder, dieser durchdringende Blick. Ihr wurde ganz warm, und widerstandslos ließ sie sich von Nikolas zum Tisch führen.

„Gibt es jedes Mal eine Überraschung, wenn ich in die Küche komme?" Tanja spielte auf die Vanillejogurts vom Morgen an.

„Ich muss mich doch irgendwie für die nette Stadtführung bedanken!"

Tanja ließ sich ein Glas Wein einschenken und schaute Nikolas beim Kochen zu. Ihr ganzer Körper war angespannt und ihre Wangen glühten. Sie war schon lange nicht mehr so aufgeregt gewesen. Diese Situation verzauberte sie, Nikolas verzauberte sie.

„Hey, was ist denn hier los?“, rief Felix erfreut, als er die Küche betrat.

„Ich glaube, Nikolas hat für uns gekocht“, erklärte Tanja und strahlte Felix an. „Wo warst du solange?“

„Erst musste ich nachsitzen wegen heute Morgen und dann war ich einkaufen, damit der Kühlschrank was zu futtern bekommt.“

Felix wollte den Inhalt seiner Tüten in den Kühlschrank räumen und fing schallend an zu lachen. Er beförderte einen Vanillejogurt nach dem anderen aus der Tüte.

„Zwei Dumme, ein Gedanke“, scherzte er und gab Tanja einen Kuss. „Ich geh mich noch schnell umziehen und dann komme ich essen.“

Nikolas hatte afrikanisch gekocht. Sie aßen mit Begeisterung und erzählten sich alle möglichen Reisegeschichten. Tanja berichtete ein wenig von Amerika, aber sie war nicht ganz bei der Sache. Immer wieder musste sie zu Nikolas schauen, und wenn er dann zurückguckte, wandte sie schnell den Blick ab.

„Afrika war schon was, oder Tanja?“, wandte Felix sich gerade an sie.

„Ja, toll!“, bestätigte Tanja. „Sogar mein Chef Köhler hat gemerkt, dass der Job nicht das einzig Wichtige ist."

„Dafür muss ich nicht nach Afrika fahren", wandte Nikolas ein. „Aber ihr habt Recht: Die Afrikaner haben eine ganz andere Lebensart. Sie hören viel mehr auf ihr Gefühl." Er schaute Tanja viel sagend in die Augen.

Tanja wandte den Blick ab und betrachtete Felix von der Seite. Merkte er denn nichts? Sie hatte das Gefühl, dass jeder spüren musste, wie stark die Anziehung zwischen ihr und Nikolas war.

„Ach, das hab ich dir noch gar nicht erzählt", versuchte sie dann das Thema zu wechseln. „Schermutzki ist von der Leiter gefallen und hat sich ein Bein gebrochen."

„Musste er sich wieder einmischen oder was?", wunderte sich Felix und schüttelte lachend den Kopf.

„Klar! Naja, und dann musste ich wohl oder übel Nikolas durch die Stadt führen", seufzte sie gespielt.

„Oh ja, es war ein Grauen", ergänzte Nikolas mit Leidensmiene und zwinkerte Felix zu. Der lachte seinen Cousin und Tanja an. Er war ganz offensichtlich froh, dass sie sich so gut verstanden.

„Was haltet ihr davon, wenn wir im Wohnzimmer noch so eine Bordüre hinmachen?" Nikolas hatte ein unternehmungslustiges Leuchten in den Augen.

Tanja war begeistert. Klar, das war eine Superidee.

„Macht ihr ruhig mal", sagte Felix und stand auf.

„Ich muss jetzt ins Bett, sonst komm ich morgen wieder nicht raus und muss den Hof noch mal von links nach rechts fegen.“ Er stand auf und gab Tanja einen Gutenachtkuss.

Als Felix die Küche verlassen hatte, blieben Tanja und Nikolas am Tisch sitzen. Keiner von beiden sagte ein Wort, und Tanja biss sich nervös auf die Lippe.

„Ich wasch mal ab“, erklärte sie schließlich und wollte aufstehen. Doch Nikolas hielt sie zurück.

„Das mache ich morgen!“ Er schaute sie nachdenklich an. „Weißt du, manchmal könnte ich schon fast neidisch werden“, sagte er leise.

„Worauf?“

„So wie ihr lebt. Ein schönes Zuhause, ein Ort, wo man hingehört, eine feste Beziehung. Man hat sich, man weiß, wie der andere ist, ob er Milch in den Kaffee nimmt, wie er küsst …“ Er machte eine Pause. „Ihr habt es wirklich schön!“

„Komm, das ist doch nicht dein Ernst, dass du neidisch bist“, protestierte Tanja. „Du hast doch schon so viel gesehen, du weißt alles …“ Sie stockte. „Bei uns, das ist schön, aber es ist auch …“ Sie machte eine Pause und suchte nach Worten.

„… auch immer das Gleiche?“, half ihr Nikolas auf die Sprünge. Tanja nickte nachdenklich.

„Ja, aber das mein ich ja. Das hat doch was. Das hat was von Heimat. Bald werdet ihr heiraten, Kinder kriegen und eine richtige Familie sein!“

„Spinnst du!“, platzte es aus Tanja heraus. Sie wollte doch jetzt noch nicht so gebunden sein, so gefesselt an einen Ort, an ein Haus, an … an einen Mann …

Es war spät, als Tanja hundemünde ins Bett fiel. Die Zeit mit Nikolas verging wirklich wie im Flug. Er hatte so viel zu erzählen …

14.
Verwirrung der Gefühle

Donnerstagnacht, 15. Juni
Ich kann nicht einschlafen. Seit einer Stunde liege ich neben Felix im Bett und denke die ganze Zeit an Nikolas. Es ist unglaublich, aber der Typ bringt mich vollkommen durcheinander. Wenn wir im selben Zimmer sind, dann ist die Luft zum Zerreißen. Ich stehe wie unter Strom, sehne mich nach ihm ... Ich will, dass er mich berührt, mich küsst ...

Felix merkt von alledem nichts. Im Gegenteil: Er freut sich total, dass Nikolas und ich uns so gut verstehen. Und was mache ich? Ich denke, an seinen Cousin, wenn ich neben ihm im Bett liege. Verdammt, das darf alles nicht wahr sein. Ich liebe doch Felix! Wieso muss ich bloß die ganze Zeit an Nikolas denken?

Am nächsten Tag ging die Streichaktion in der Wohnung weiter. Jola und Nils kamen schon früh vorbei um zu helfen. Aber Tanja merkte gar nicht richtig, dass die beiden da waren, sie hatte nur Augen für Nikolas!

Gemeinsam brachten sie eine Verzierung an: Tanja hielt ein Zeitungsblatt, in das sie ein Muster geschnitten hatten, gegen die Wand, und Nikolas trug mit dem Pinsel Farbe auf. Sie standen ganz nah beieinander auf der Leiter. Tanja konnte seinen Atem spüren. Und einmal berührten sich ihre Hände.

„Tanja? Hilfst du mir beim Pinselauswaschen?" Jolas Stimme ließ Tanja hochschrecken.

„Ja, klar, kann ich machen", antwortete sie. Doch eigentlich wäre sie am liebsten ewig neben Nikolas auf der Leiter geblieben.

„Sag mal, Tanja, ist da was zwischen euch?", fragte Jola nach einer Weile. Sie hatten sich über die Badewanne gebeugt und hielten die Pinsel unter laufendes Wasser.

„So etwas habe ich noch nie erlebt", gab Tanja zu. „Wenn ich in seiner Nähe bin, macht mich das ganz verrückt." Sie schaute Jola mit einer Mischung aus Verzweiflung und Glück an. Ihre Gefühle waren eine Höllenfahrt, ein ständiger Wechsel zwischen den aufregenden Momenten in Nikolas' Nähe und den schuldbewussten Gedanken an Felix.

„Habt ihr euch schon geküsst?", wollte Jola wissen.

„Nein, aber allein bei der Vorstellung, werde ich schon verrückt. Dabei liebe ich Felix, das weiß ich genau. Man kann doch nicht zwei Männer gleichzeitig lieben?"

„Wenn nicht jeder so Besitz ergreifend wäre, dann ginge das schon", kam es augenzwinkernd von Jola.

„Aber stell dir das mal umgekehrt vor: Fändest du es prickelnd, eine von vielen zu sein, mit denen Felix zusammen ist?“

„Was soll ich nur machen? So kann das doch nicht weitergehen?“ Tanja schaute Jola verzweifelt an. Sie wusste wirklich nicht mehr, was sie tun sollte. Alles war so verwirrend.

„Warte doch noch. Du musst es Felix ja nicht gleich auf die Nase binden. Ist doch klar, dass das Kribbeln nicht ewig anhält. Aber dafür hat man doch dann was anderes, so eine tiefe Vertrautheit.“ Jola machte eine Pause und schaute Tanja an. „Überleg dir gut, ob du das kaputt machst, was du mit Felix hast!“

„Vielleicht ist es schon kaputt“, sagte Tanja ernst. Wenn man nur noch an einen anderen Mann dachte, dann steckte da doch viel mehr dahinter.

„Hallo Mädels!“, rief Jola neckend, als sie das Wohnzimmer betraten. Nikolas und Felix schauten sie an. Doch richtig zum Lachen war keinem zu Mute. Tanja wischte sich verstohlen eine Träne weg und ging ans Fenster. Irgendwie war die Stimmung angespannt. Sie spürte, dass Nils Nikolas wegen der seltsamen Atmosphäre zur Rede gestellt hatte. Er kannte sie gut genug, um zu wissen, dass irgendwas mit ihr und Felix’ Cousin war. Nikolas kletterte die Leiter runter und stellte sich neben Tanja ans Fenster.

„Ich muss noch mal zu meinem Boot in den Hafen runter. Kommst du mit?“ Er schaute sie fragend an. Sie hatte Tränen in den Augen, als sie sich zu ihm umdrehte. „Nein“, flüsterte sie. „Ich kann nicht!“

Sie wusste genau, wenn sie jetzt mit ihm fuhr, würde sie bei ihm auf dem Boot bleiben … Aber sie wollte Felix nicht hintergehen, das konnte sie nicht! Andererseits wusste sie auch, dass sie Nikolas nicht mehr lange widerstehen konnte.

Energisch straffte Tanja ihre Schultern. Ja, sie musste zu Felix und mit ihm sprechen. Länger konnte sie das nicht mit sich herumtragen. Sie würde zu ihm fahren, jetzt, sofort!

„Was ist passiert?“ Felix kam aufgeregt ins Besucherzimmer der Kaserne.

Tanja versuchte zu lächeln, doch es gelang ihr nicht. Zögernd ging sie auf Felix zu.

„Nimm mich erst mal in den Arm, ja?“ Ganz sachte lehnte sie ihren Kopf an seine Schulter. Doch er entzog sich ihr.

„Ich weiß gar nicht, wie ich dir das sagen soll, es ist so …“

Sie stockte. Es war so schwer es ihm zu sagen, so verdammt schwer. Sie schaffte es noch nicht einmal Felix anzusehen.

„Ich glaub, du weißt nicht, was es bedeutet, dass du mich hier einfach rausholst! Das gibt wieder einen Riesenärger. Den Blick vom Oberleutnant hättest du sehen sollen, als der Anruf kam …"

„Meinst du, ich wäre gekommen, wenn es nicht so wichtig gewesen wäre?", erwiderte Tanja heftig.

„Mensch Tanja, versteh mich doch auch mal", bat Felix. „Tut mir Leid! Und jetzt sag mir bitte, was los ist!"

Tanja hielt den Atem an. Sie spürte, wie ihr ganz langsam die Tränen über die Wangen liefen. Energisch wischte sie sie weg!

„Ich hab mich in Nikolas verliebt!" Jetzt war es raus, sie hatte es gesagt.

„Was?" Felix war wie erstarrt. Er schaute sie ungläubig an.

„Ich weiß auch nicht, wie das passiert ist", stammelte Tanja.

„Du weißt nicht, wie das passieren konnte?" Felix schüttelte entgeistert den Kopf. Tanja ging auf ihn zu. Sie wollte ihn in den Arm nehmen, ihm irgendwie nah sein. Doch er wich zurück und steckte die Hände in die Hosentaschen.

„Ich musste dich einfach sprechen", rief sie verzweifelt. „Ich dachte …"

„Was dachtest du, dass ich dir sage, was jetzt zu tun ist? Meinst du nicht, dass ich da genau der Falsche bin?"

Tanja schaute ihn an. Jetzt konnte sie die Tränen nicht mehr zurückhalten. „Ich verstehe ja, dass du das nicht verstehen kannst", schluchzte sie.

„Da gibt es nicht viel zu verstehen. Du liebst einen anderen und weißt nicht, wie du dich entscheiden sollst. Da fragst du mich, ob du mich verlassen sollst.“ Felix’ Stimme klang wütend, doch in seinen Augen schimmerten Tränen.

„Sorry“, presste er hervor. „Aber das ist ein bisschen viel des Guten.“ Dann drehte er sich um und verließ eilig den Besucherraum.

„Felix“, flüsterte Tanja. „Felix …“ Sie schlug die Hände vors Gesicht und ließ ihren Tränen freien Lauf. Es tat so weh, sie konnte nur weinen, und es dauerte lange, bis sie sich beruhigt hatte.

Freitag, 16. Juni
Es tut so verdammt weh! Aber was hätte ich tun sollen? Ich habe es Felix gesagt. Ich habe ihm gesagt, dass ich mich in Nikolas verliebt habe …

Es war schrecklich! Ich wollte ihm nicht wehtun. Ich wollte mit ihm reden, ich wollte … Ach ich weiß überhaupt nichts mehr. Aber Felix hat Recht: Es ist zu viel verlangt, dass er mich verstehen soll. Mit dieser Entscheidung stehe ich alleine. Doch eins ist klar: Ich kann nicht mit zwei Männern gleichzeitig zusammen sein. Und Felix betrügen, das hätte ich nie gekonnt. Auch wenn ich ihn immer noch verdammt gerne habe, meine Gefühle für Nikolas sind stärker!

Tanja ging am Kai entlang. Sie wollte zu Nikolas auf das Boot. Einen Augenblick blieb sie stehen und beobachtete die Möwen, die kreischend über den Booten hin und her flogen. Dann ging sie weiter.

„Nikolas?“, rief sie, als sie das Boot erreicht hatte. Doch es kam keine Antwort. Sie sprang an Bord und stieg hinunter in die Kajüte. Dort blieb sie erstaunt stehen. Eine Schnur war quer durch die Kajüte gespannt und hing voller Fotos – Fotos von ihr, die Nikolas auf dem gemeinsamen Rundgang durch Warnemünde gemacht hatte: Tanja vor dem Leuchtturm, Tanja am Hafen, Tanja auf dem Boot … Plötzlich ging eine Tür auf und Nikolas stand vor ihr.

„Ich habe gar nicht gemerkt, dass du mich da überall fotografiert hast …“ Tanja war ganz verlegen. Noch nie hatte jemand so viele und so wunderbare Fotos von ihr gemacht.

„Wie schön, dass du gekommen bist“, freute sich Nikolas. Doch seine Stimme klang nicht überrascht. Eher so, als habe er mit ihrem Kommen gerechnet. Er zog sie mit sich in einen Raum, in dem nur ein einziges rotes Licht brannte: eine Dunkelkammer, in der er seine Fotos entwickelte. Tanja erblickte ein Bild von ihr und Nikolas. Sie hatten es beim Streichen mit dem Selbstauslöser aufgenommen.

Es war eng in dem Raum, und als Tanja sich umdrehte, stand sie direkt vor Nikolas. Sie spürte, dass sie sich küssen würden, und dann geschah es, vorsichtig und unendlich zärtlich. Nach einer Weile nahm er ihre Hand und sie folgte ihm hinaus aufs Deck. Draußen dämmerte es. Die Luft war klar und schmeckte salzig.

Arm in Arm gingen sie an den Strand und liefen barfuß durch das Wasser. Immer wieder blieben sie stehen, berührten sich langsam und behutsam. Irgendwann kehrten sie an den Strand zurück und ließen sich in den Sand fallen. Nikolas zog sie an sich. Ganz sanft strich er ihr eine Haarsträhne aus dem Gesicht.

Tanja schaute ihm tief in die Augen und ihr Herz begann schneller zu schlagen. Sie fingen an sich zu küssen, erst vorsichtig, dann immer leidenschaftlicher. Es war, als hätten sie ihr Leben lang darauf gewartet, sich in den Armen zu liegen …

Am nächsten Morgen machte sich Tanja auf den Weg zur Wohnung. Sie würde einige Sachen zusammensuchen und erst mal zu ihren Eltern ziehen. Schließlich konnte sie ja in dieser Situation nicht weiter mit Felix zusammenwohnen. Auch die Klamotten von Nikolas wollte sie mitnehmen. Er würde auf seinem Boot übernachten.

Felix saß in seiner Uniform im Wohnzimmer und löffelte einen Vanillejogurt. Tanja schaute sich um: Es sah furchtbar aus. Felix hatte einen Farbeimer an die Wand geworfen und die Farbe war dickflüssig herunter gelaufen.

Für einen Augenblick schloss sie die Augen. Ja, sie hatte ihm sehr wehgetan. Aber was hätte sie tun sollen? Und für sie selbst war es auch nicht leicht.

Sie holte tief Luft und ging zu ihm. Sie wollte ihn trösten, irgendetwas sagen. Doch als sie ihn da sitzen sah, stiegen ihr Tränen in die Augen.

„Vanillejogurt?“ Felix bot Tanja traurig einen Löffel an. Sie schüttelte den Kopf. Er stand auf ohne sie anzusehen. Ganz langsam ging er aus der Wohnung.

Mit Tränen in den Augen blickte Tanja ihm hinterher. Felix!, rief sie innerlich und ließ sich erschöpft in den Sessel sinken. Eine ganze Weile blieb sie dort sitzen und starrte die verhunzte Wand an.

Samstag, 17. Juni
Ich habe mich für Nikolas entschieden! Es tut weh, es ist die Hölle, Felix zu verlassen, aber ich kann nicht anders. Obwohl ich ihn immer noch total gerne habe. Wenn ich in seiner Nähe bin, ist alles so vertraut, dann möchte ich ihn am liebsten in den Arm nehmen. Aber mit Nikolas, das ist einfach unbeschreiblich. Ich fühle mich wie magisch angezogen von ihm. Wenn Felix die Heimat war, dann ist Nikolas das Abenteuer, das ich gesucht habe …

15.
Schmetterlinge im Bauch

Tanja saß neben Nikolas auf dem Boot und blickte nachdenklich in die Ferne. Alles war so verwirrend. Sie war verliebt in Nikolas und musste gleichzeitig an Felix denken. Was er jetzt wohl machte?

„Wenn das Wetter so bleibt, kommen wir heute noch bis Rügen“, freute sich Nikolas und studierte eine Karte.

„Mhm ...“, kam es geistesabwesend von Tanja.

Er stand auf und stellte sich dicht hinter sie. „Du denkst an Felix, stimmt's?“ Seine Stimme klang mitfühlend.

„Und an dich!“, seufzte Tanja und lehnte sich an ihn. Er nahm sie in den Arm und küsste sie.

„Wollen wir los?“, fragte er dann. Tanja nickte und machte die Leine los.

Sie fuhren langsam aus dem Hafen raus. Der Himmel war klar und es wehte nur ein leichter Sommerwind.

„Freust du dich?“ Nikolas stand am Steuer und lenkte das Boot auf die offene See hinaus. Tanja hielt ihr Gesicht in den Wind.

„Ja!“, sagte sie aus vollstem Herzen. Alles war neu und aufregend mit Nikolas! Sie ließ ihren Blick über die Mole schweifen. Plötzlich erstarrte sie: Ganz vorne am Wasser saß Felix. Er blickte auf das Meer hinaus. Tanja konnte sein Gesicht nicht sehen, doch sie wusste auch so, dass er sehr traurig aussah.

Am nächsten Tag holte sie ihre letzten persönlichen Sachen aus der Wohnung. Felix war in der Kaserne, so konnte sie dieses Mal in Ruhe alles zusammensuchen.

Es tat weh, die Wohnung zu verlassen. Hier war sie so glücklich mit Felix gewesen, erinnerte sie sich traurig. Aber es war vorbei, und sie hatte es so gewollt! Jetzt würde ein neues Leben beginnen!

Ben gab ihr altes Zimmer in der Mühle natürlich nur unter großem Maulen wieder frei. Für ihn war es in der Zwischenzeit zu einem zweiten Kinderzimmer geworden. Außerdem verkündete er, dass er diesen Nikolas nicht leiden könne. Tanja ärgerte sich, aber sie ließ ihn in Ruhe: Sie wusste, dass er furchtbar an Felix hing. Dagegen konnte man nichts machen. Felix!, dachte Tanja. Mit ihm hatte sie so lange in diesem Zimmer gelebt, alles erinnerte sie hier an ihn …

Aber in den nächsten Tagen kam sie kaum noch dazu, an Felix zu denken. Die Zeit mit Nikolas verging wie im Flug. Sie unternahmen lange Spaziergänge und Nikolas erzählte ihr von den Ländern, die er gesehen hatte. Sie hatte das Gefühl, dass er ihr ganz neue Welten eröffnete. Auch Warnemünde lernte sie von einer vollkommen anderen Seite kennen, genauer gesagt von oben!

Nikolas hatte nämlich einen Flug über die Stadt organisiert. Er wollte Fotos machen für seinen Reisebericht. Sie waren sehr früh aufgestanden und zu dem kleinen Flugplatz gefahren. Tanja hatte während des gesamten Fluges förmlich den Atem angehalten. Es war so unglaublich schön, die Stadt von oben zu sehen: den Leuchtturm, den Hafen mit den Schiffen, die Autos, in denen die Menschen wahrscheinlich gerade zur Arbeit fuhren.

„Mhm, das war echt Wahnsinn. Wie winzig Warnemünde von oben aussieht!“, rief Tanja übermütig, als sie gelandet waren.

„Immerhin groß genug, um die tollste Frau der Welt hervorzubringen“, entgegnete Nikolas amüsiert.

„Komm, hör auf, veräppeln kann ich mich allein.“ Tanja schüttelte den Kopf und atmete die frische Morgenluft ein. Nikolas stellte sich vor sie und schaute ihr tief in die Augen: „Das meine ich ganz ernst!“

Tanja schluckte verlegen. Nikolas hatte manchmal eine Art, ihr Komplimente zu machen. Sie wusste dann echt nicht mehr, was sie sagen sollte.

„Glaubst du, die Fotos sind was geworden?“, lenkte sie deshalb mit Blick auf die Fotoausrüstung ab.

„Natürlich. Wenn ich die mache, werden die immer was.“ Tanja grinste. Dieses Selbstbewusstsein gefiel ihr. Dann verabschiedete sie sich von Nikolas. Er wollte noch aufs Boot, den Film entwickeln.

„Guten Morgen!“ Tanja kam gut gelaunt in den Garten. Ihre Eltern saßen am Frühstückstisch. Liebevoll ließ Tanja ihren Blick über die beiden gleiten. Sie war gerne hier. Es war so friedlich, und irgendwie fühlte sie sich hier geborgen – immer.

„Wir waren fliegen“, erzählte sie aufgeregt.

„Um diese Uhrzeit?“, wunderte sich Gaby.

„Nikolas findet das Licht morgens am schönsten“, erklärte Tanja. „Es war so toll“, fuhr sie aufgekratzt fort. „Man konnte am Horizont sehen, wie langsam die Sonne aufsteigt und alles in dieses goldene, warme Licht taucht. Das ist nicht von dieser Welt, so unglaublich schön ist das.“

„Dich hat's aber ordentlich erwischt!“, stellte Gaby stirnrunzelnd fest.

„Ich bin so verliebt!“, schwärmte Tanja. „Das ist der Wahnsinn! Kennst du das, wenn du nur noch an ihn denkst, und es so schön ist, dass es wehtut?“ Tanja schaute ihre Mutter erwartungsvoll an. Gaby nickte lachend.

„Du wirst es nicht für möglich halten, aber das kenne ich tatsächlich.“

Tanja nickte abwesend. Sie war mit den Gedanken schon wieder bei Nikolas. Sie verbrachten wirklich jede freie Minute zusammen, und sie konnte an nichts anderes mehr denken. Das heißt, an fast nichts anderes: Manchmal dachte sie an Felix. Doch sie hatte das Gefühl, je weniger sie ihn sah, umso mehr verblasste sein Bild.

„Weißt du, dieser Spruch, dass Liebe blind macht, klingt vielleicht etwas abgedroschen, aber ich habe das Gefühl, das sich bei dir wirklich alles nur noch um Nikolas dreht." Gaby schaute Tanja mit ernstem Gesichtsausdruck an.

„Na und?"

„Ich meine ja nur, du solltest nicht alles, was dir bislang wichtig war, über Bord werfen."

„Tu ich doch gar nicht!", wehrte sich Tanja

Allerdings musste sie zugeben, dass sie ihre alten Freunde kaum noch sah, seit Nikolas in ihrem Leben aufgetaucht war. Irgendwie schaffte sie es nie, Nils und Jola und die anderen zu treffen. Das lag wohl auch daran, dass Nikolas sie immer um sich haben wollte und eigentlich am liebsten mit ihr alleine war.

„Guten Morgen!", ertönte in diesem Moment Nikolas' fröhliche Stimme.

„Setzen Sie sich, der Kaffee ist eben fertig geworden." Hans kam gerade aus der Mühle und hielt eine Kanne mit dampfendem Kaffee in der Hand.

Nikolas nahm am Tisch Platz und schenkte Tanja einen verliebten Blick, bevor er Gaby und Hans in ein Gespräch über Warnemünde zog. Die Unterhaltung war ein wenig steif, fand Tanja. Aber das war ja auch kein Wunder: Ihre Eltern und Nikolas kannten sich noch nicht gut. Klar, das brauchte Zeit. Bei Felix war das ja auch nicht von einem auf den anderen Tag gegangen.

An der Tür zur Mühle entdeckte Tanja auf einmal Ben. Er hatte noch den Pyjama an und wollte sich offensichtlich zu ihnen gesellen. Doch plötzlich blieb er stehen:

„Oh nein, der schon wieder!“, rief er laut und deutlich und machte auf dem Absatz kehrt. Einen Augenblick herrschte betretenes Schweigen. Tanja hätte Ben ohrfeigen können. Manchmal übertrieb er es einfach!

„Ist wohl nicht so einfach für ihn“, stellte Nikolas dann versöhnlich fest und Tanja lächelte ihn dankbar an. Er konnte so großherzig sein, so erwachsen. Das fand sie echt klasse.

Am Nachmittag gingen sie am Meer spazieren. „Herrlich!“, schwärmte Nikolas und atmete die Seeluft tief ein.

„Für unser Reizklima sind wir doch berühmt.“ Tanja bemühte sich ihrer Stimme einen ernsten Klang zu geben. „Warnemünde ist schließlich ein staatlich anerkanntes Seebad!“

„Warnemünde wäre reizend, wenn es nicht so reizlos wäre“, amüsierte sich Nikolas. „Guck mich nicht so an, das stammt nicht von mir, sondern von Fontane.“

„Wow, was du alles weißt!“, stellte Tanja frotzelnd fest und zog ihn ins Gras. Nikolas küsste sie und schaute ihr in die Augen.

„Tanja, auf Dauer kannst du hier nicht bleiben“, stellte er in ernstem Tonfall fest. „Was hältst du davon, wenn du mit mir nach Norwegen kommst? Den Wildgänsen hinterher.“

Tanja riss die Augen weit auf. Was hatte er gesagt? Sie sollte mit ihm wegfahren?

„Da habe ich ein romantisches Holzhäuschen, direkt am Meer, mit Sauna und eigenem Steg, damit man dann gleich ins Wasser hüpfen kann.“

„Klingt ja wunderbar!“ Tanja strahlte Nikolas an. Mit ihm nach Norwegen, das würde bestimmt traumhaft werden.

„Ich kann dort endlich in Ruhe den Text zu den Fotos schreiben. In drei Monaten muss ich abgeben.“

„Und was ich da die ganze Zeit machen soll, hast du dir bestimmt auch schon überlegt?“, neckte Tanja ihn.

„Putzen, kochen, Rentiere jagen“, gab Nikolas schlagfertig zurück und drückte Tanja wieder zu Boden. Sie wehrte sich amüsiert.

„Wieso? Kochen wolltest du doch!“

„Stimmt!“, musste Nikolas zugeben.

„Und putzen darf ich auch nicht“, stellte sie mit gespielten Bedauern fest. „Ich habe ne schlimme Stauballergie.“

„Dann muss ich mir wohl was anderes einfallen lassen“, erwiderte Nikolas augenzwinkernd und verschloss ihren Mund mit einem langen zärtlichen Kuss.

Samstag, 24. Juni
Nikolas will mich mit nach Norwegen nehmen! Wir wollen dort in seinem Holzhaus wohnen. Er wird arbeiten und ich, ich werde, ach, ich weiß auch nicht, bei ihm sein, das ist im Moment das Allerwichtigste. Alles andere ergibt sich dann von selbst!

Wir werden mitten in der Natur leben, ganz einsam, nur die Wälder, die Seen und wir. Ich kann lange Spaziergänge machen oder lesen, oder … Es gibt so vieles, was ich tun kann, wenn ich in seiner Nähe bin. Vielleicht werde ich ja auch einfach ganz viel Tagebuch schreiben.

Allerdings werde ich Warnemünde sicher vermissen, meine Eltern, meine Freunde …

„Alles ist so friedlich hier in Warnemünde“, sagte Tanja und blickte versonnen zur Stadt hinüber. Wie jeden Tag war sie mit Nikolas an den Strand gegangen. Er musste noch ein paar Aufnahmen für seinen Reisebericht machen.

„Aber ein bisschen eng auf Dauer, oder?“ Nikolas war dabei das Teleobjektiv auf die Kamera zu setzen.

„Wenn ich weg war, hat mir das gefehlt: Erinnerungen, Geborgenheit, Freundschaft – Heimat eben“, fuhr Tanja gedankenverloren fort. Sie hing an Warnemünde, sehr sogar. Komisch, dass einem sowas immer dann bewusst wurde, wenn man weg wollte.

„Heimat … Hört sich ein bisschen spießig an“, bemerkte Nikolas.

„Ich find's einfach schön hier.“ Tanja schloss die Augen und atmete tief durch. „Allein dieser Geruch hier, da bekomme ich immer Heimweh.“

„Das kenne ich überhaupt nicht“, entgegnete Nikolas. „Ich fühl mich nirgends zu Hause.“

Tanja betrachtete ihn mit ernstem Gesicht. Nein, er kannte es wohl nicht, dieses Gefühl von Heimat.

„Es ist so ein schönes Gefühl wieder zurückzukommen … Wenn dich alle erwarten und sich freuen, dass du wieder da bist.“

„Es ist aber auch ein schönes Gefühl aufzubrechen und alles zurückzulassen.“

„Und wenn du doch mal an jemandem hängst?“ Tanja schaute ihn immer noch ernst an.

„Dann nehm ich ihn mit“, verkündete Nikolas schlagfertig und setzte wieder sein strahlendes Lächeln auf.

„Ach, so machst du das also immer?“, entgegnete Tanja mit gespielter Empörung. „Und wenn du genug hast von den Mädels, dann schmeißt du die einfach über Bord!“

„Genau. Fischfutter. Um dieses zarte Fleisch werden sich die Haie reißen." Nikolas griff sich Tanjas Unterarm und biss zärtlich hinein. Tanja versuchte den Arm zurückzuziehen und warf einen Blick auf ihre Armbanduhr.

„Oh nein!" Sie machte sich eilig los. „Ich bin bei Bianca eingeteilt, ich komme zu spät, wenn ich nicht sofort losdüse!"

Mit einem schnellen Kuss verabschiedete sie sich von Nikolas und flitzte davon.

16.
Großes Abenteuer Norwegen

„Hi, wie geht's?", begrüßte Tanja die Freunde und kletterte auf das Hausboot. Sie hatte Jola und Nils eine ganze Weile nicht gesehen. Es war Montag und offensichtlich war hier gerade großes Reinemachen angesagt: Quer über das Deck war eine riesige Leine gespannt und die beiden waren dabei Wäsche aufzuhängen.

„Oh, welch Glanz in unserer Hütte!", kam es von Nils zurück. „Lässt du dich auch mal wieder blicken?"

Jola tauchte mit einem Wäschekorb auf. „Hallo Tanja! Mensch, du siehst toll aus!", stellte sie bewundernd fest und drückte Tanja einen Kuss auf die Wange. Tanjas Gesicht war vom Wind gerötet und ihre Augen glänzten.

„Mir geht's ja auch toll!"

„Schön, du bist also richtig glücklich mit Nikolas?" Jola schaute sie liebevoll an. Tanja nickte.

„Total! Er ist ein echter Schatz!"

„Deswegen hältst du ihn wohl immer unter Verschluss, damit ihn dir keiner wegnimmt, oder was?", fragte Nils mit ironischem Unterton.

„Nikolas hat so viel um die Ohren“, entschuldigte sich Tanja.

Nils schaute sie mit hochgezogenen Augenbrauen an.

„Und da ziehst du dich solidarisch auch gleich mit zurück?“

„Hey, ich bin nicht gekommen, um mich die ganze Zeit von dir anmachen zu lassen“, erwiderte Tanja verärgert.

Klar, sie hatte sich selten sehen lassen. Aber sie wollte nun mal die meiste Zeit mit Nikolas verbringen. Sie hatte ihm auch schon mal vorgeschlagen, etwas mit Jola, Nils und den anderen zu unternehmen, doch Nikolas hatte immer abgelehnt. Und wenn sie ehrlich war, war ihr das ganz recht so, denn sie hatte keine Lust bei einer solchen Gelegenheit, Felix über den Weg zu laufen …

„Komm setz dich, ich mach Kaffee!“ Jola verschwand in der Kombüse und Tanja setzte sich mit Nils an den Tisch.

„Tut mir Leid. Ich muss mich auch erst mal an die neue Situation gewöhnen. Du mit einem anderen Mann, das ist irgendwie …“ Nils stockte und suchte nach den richtigen Worten, doch Tanja winkte ab: „Ist schon okay!“

„Und bist du sicher, dass der Typ der Richtige ist?“

„Ja, ich werde sogar mit ihm zusammen weggehen!“

„Du haust ab?“, rief Jola entsetzt. Sie kam gerade mit dem Kaffee zurück.

„Erst nach Norwegen, und wenn das gut geht mit uns, dann vielleicht weiter nach Afrika.“

„Naja, ich weiß nicht, du kennst den Kerl doch kaum …“ Nils machte eine Pause und schaute Tanja nachdenklich an. „Stell dir mal vor, ihr habt Zoff und der Kerl lässt dich mitten in der Wildnis einfach sitzen.“

„Das würde er nie machen!“ Tanja schüttelte entschieden den Kopf. Was Nils sich auch immer ausdachte …

„Und wann kommst du zurück?“

„Keine Ahnung. Ich will erst mal was sehen von der Welt, Abenteuer erleben.“ Tanja breitete die Arme aus. Das musste Nils doch verstehen – gerade Nils, der immer davon geträumt hatte, wegzukommen von Warnemünde.

„Hallo!“ Nikolas betrat plötzlich das Boot. Ohne zu zögern setzte er sich zu ihnen. Nils warf ihm einen skeptischen Blick zu, doch Jola lächelte ihn freundlich an.

„Wenn ihr schon mal da seid, habt ihr nicht Lust mit uns zu essen?“

„Das wäre unendlich nett“, freute sich Tanja. Das hatten sie echt ewig nicht gemacht. Dabei liebte sie nichts mehr als das gemeinsame Essen mit den Freunden.

„Ja, vielen Dank für die Einladung“, gab Nikolas mit ernster Miene zurück. „Aber ich muss vor der Abreise noch ein paar wichtige Dinge mit Tanja besprechen.“

„Können wir das nicht später machen?“, bat Tanja mit einem flehenden Blick. „Jolas Lasagne solltest du dir nicht entgehen lassen.“

„Dauert auch nicht lange, ich muss die nur kurz überbacken!“, ergänzte Jola.

„Ein anderes Mal. Aber trotzdem, danke für das verlockende Angebot“, entschuldigte sich Nikolas und stand auf. Dann wandte er sich entschlossen an Tanja: „Lass uns mal los!“

Tanja zögerte und blickte unsicher zu Nils und Jola. „Tschau, dann bis zu einem anderen Mal!“, verabschiedete sie sich. Schade, dachte sie. Es wäre echt schön gewesen, mal wieder mit den Freunden zu quatschen. Aber wenn Nikolas etwas mit ihr besprechen wollte, war das nicht zu ändern.

Als sie das Boot verlassen hatten, blickte Tanja Nikolas unsicher von der Seite an: „Gibt’s was Schlimmes?“

„Wieso?“, fragte er erstaunt.

„Na, du hast doch gesagt, wir müssen was Wichtiges besprechen.“

Nikolas blieb stehen. Er stellte sich vor Tanja und sah sie durchdringend an.

„Ich wollte bloß mit dir allein sein."

„Wir sind doch bald jede Menge allein", entgegnete Tanja leicht verärgert. Sie würde ihre Freunde immerhin eine Weile nicht sehen …

„Komm, lass uns umkehren. Wir müssen ja nicht lange bleiben", bat sie und wollte Nikolas mit sich ziehen. Doch er legte seine Arme um sie, zog sie an sich und bedeckte ihr Gesicht mit zärtlichen Küssen.

„Aber im Moment will ich jeden Augenblick mit dir auskosten, jede Stunde", flüsterte er. „Jede Minute, jede Sekunde!" Er suchte ihre Lippen mit seinem Mund. Tanja schloss die Augen. Wenn Nikolas sie berührte, war sie widerstandslos, dann wurde alles andere unwichtig. In solchen Momenten vergaß sie die Welt um sich herum, und es gab nur noch sie und Nikolas …

Dienstag, 27. Juni

Ich genieße die letzten Tage in Warnemünde. Nikolas und ich sind fast den ganzen Tag draußen, manchmal auch die ganze Nacht … Ich freue mich auf Norwegen, aber ich sauge trotzdem jede Sekunde auf, die ich noch hier verbringe. Das ist mal wieder typisch für mich. Ich flippe fast aus, weil ich endlich die Abenteuer erleben darf, von denen ich träume, und dann packt mich das Heimweh, noch bevor ich weg bin. Ich glaube, ich will immer alles vom Leben: Abenteuer, die weite Welt, die Heimat und Freunde.

Aber meine Freunde sind auch komisch, zumindest einige. Jola freut sich für mich, aber Nils ist total skeptisch. Er findet, Nikolas bevormundet mich. Das Gleiche hat Mama auch gesagt, aber schließlich bin ICH mit ihm zusammen.

Am nächsten Tag saßen Nikolas und Tanja in einem Strandkorb und blickten auf das Meer hinaus. Es war relativ ruhig am Strand und Tanja hatte sich ein Fernglas mitgebracht. Sie liebte es, damit auf die See hinaus zu schauen

„In zwei Wochen sind wir schon auf den Lofoten", freute sich Nikolas und seufzte genüsslich.

„Ich dachte, wir fahren nach Norwegen", wunderte sich Tanja.

„Erdkunde sechs, setzen!" Nikolas schüttelte amüsiert den Kopf. „Die Lofoten sind Inseln vor der norwegischen Küste."

„Oh, peinlich!" Tanja musste lachen. „Aber, Hauptsache du weißt, wo die liegen!"

„Keine Sorge, ich bring dich da schon heil hin." Nikolas drückte Tanja feste an sich. „Du wirst es dort lieben, es ist ein Traum! Zwar manchmal ein bisschen kalt, aber die Küste ist wunderschön!"

„Ich freu mich total. Aber ins Warme müssen wir auch noch. Ich möchte auf jeden Fall mal nach Südafrika." Sie wollte schon immer dorthin. Alle hatten ihr erzählt, wie wunderschön es dort war.

„Oh ja, Kapstadt ist eine der schönsten Städte, die ich je gesehen habe, aber da war ich schon dreimal …“

„Naja …“ Tanja überlegte. „Wie wäre es mit Sydney?“

„Hab ich dir das nicht erzählt?“ Nikolas drehte sich seitlich zu ihr, um ihr besser ins Gesicht schauen zu können. „Ich hab mal ein halbes Jahr in Sydney bei ner Zeitung gejobbt.“

„Aha!“ Tanja blickte Nikolas verunsichert an. Gab es überhaupt einen Ort, den er noch nicht kannte? Irgendetwas, was sie gemeinsam entdecken konnten?

Plötzlich hörte sie lautes Gekicher in der Nähe. Genervt suchte sie mit den Augen den Strand ab, um zu sehen, wo der Lärm herkam.

Das war doch Bianca! Sie tollte mit jemandem zwischen den Strandkörben herum, und zwar mit … mit Felix! Wie ein Stich durchfuhr es Tanja. Die beiden umarmten sich und ließen sich lachend in den Sand fallen.

„Was ist denn los?“ Nikolas folgte ihrem Blick.

„Wenn er so schneller darüber hinweg kommt“, bemerkte Tanja kühl und zuckte die Schultern. Doch so richtig konnte sie sich nicht mehr auf ihr Gespräch mit Nikolas konzentrieren. Felix hatte sich ja schnell getröstet. Immer wieder sah sie ihn in den Armen von Bianca vor sich, und sie musste sich eingestehen, dass es verdammt weh tat.

Naja, bald bin ich weg, dann kann mir das alles egal sein, sagte sie sich und versuchte den Gedanken an Felix zu vertreiben.

Als sie an diesem Nachmittag bei Bianca im Café arbeitete, erwischte sich Tanja immer wieder dabei, wie sie Bianca beobachtete. Sie fragte sich, was Felix an ihr fand. Erstens war sie blond, und Felix stand eigentlich eher auf Dunkelhaarige. Und dann lief Bianca auch immer ein bisschen aufgemotzt herum. Darauf war Felix eigentlich nie abgefahren. Das konnte einfach keine ernste Sache sein!

„Ich wollte dir nur Bescheid sagen. Ab nächster Woche musst du dir jemand anderes suchen, ich hör auf!“ Tanja hatte ihren Dienst beendet und stand mit Bianca am Tresen.

„Doch nicht etwa wegen der Geschichte mit Felix und mir, oder?“, horchte Bianca erschrocken nach.

„Quatsch, das hat damit überhaupt nichts zu tun“, wehrte Tanja ab. „Nein, ich gehe weg!“

„Wie, du gehst weg?“ Bianca schaute sie verständnislos an.

„Nikolas hat mich gefragt, ob ich mit ihm reisen möchte. Drei Monate auf die Lofoten.“ Tanja gab ihrer Stimme absichtlich einen beiläufigen Tonfall. „Du findest bestimmt jemand, der meinen Job übernimmt“, fügte sie zum Abschied hinzu.

„Jeder ist ersetzbar!“ Bianca lächelte vieldeutig.

Danke für den Hinweis, dachte Tanja. Habe schon kapiert, dass du mein Ersatz bei Felix bist.

Sie wollte gerade gehen, da entdeckte sie Felix, der mit einem Kumpel an einem Tisch draußen auf der Terrasse saß. Sie hatte ihn gar nicht kommen sehen. Tanja stockte kurz, dann fasste sie sich ein Herz und ging entschlossen auf den Tisch zu.

„Hi!“, begrüßte sie ihn leise.

Felix war in irgendwelche Unterlagen vertieft. Er sah nur kurz auf, dann wandte er sich wieder seinen Papieren zu ohne etwas zu sagen. Das tat weh. Kein Wort, kein Lächeln, nicht die Spur einer Regung hatte sie in seinem Gesicht bemerkt.

„Tja, dann geh ich mal wieder“, erklärte Tanja und versuchte sich ihre Enttäuschung nicht anmerken zu lassen.

Hastig verließ sie die Terrasse. Schnell weg hier, dachte sie traurig. Jetzt redete Felix nicht mal mehr mit ihr. Er hatte ihr einfach nur einen kalten Blick zugeworfen und geschwiegen.

Mittwoch, 28. Juni
Felix ist mit Bianca zusammen. Ich weiß, das dürfte mir nichts ausmachen, ich weiß. Aber als ich die beiden zusammen sah … Das tat weh, sehr weh!

Ich meine, ich weiß, ich habe Felix verlassen, und ich bin ja auch glücklich mit Nikolas. Wir haben eine Menge Spaß und es ist total aufregend mit ihm.

Immer hat er neue verrückte Ideen und er weiß so viel. Ich freue mich auch, mit ihm wegzugehen und die Welt zu erkunden.

Aber … Ach, ich wusste einfach nicht, wie weh es tut, zu sehen, wie Felix eine andere küsst. Das hat nichts mit Bianca zu tun. Ich kann mir kaum vorstellen, dass Felix mit der glücklich wird, aber das ist es nicht. Es ist einfach … Felix in den Armen einer anderen, das ist so ein merkwürdiger Gedanke.

17.
Warnemünde oder die weite Welt?

Tanja war auf dem Weg zu Nikolas. Gedankenverloren streifte sie durch die Hafenanlage. Dass Felix sie einfach so behandelte, als wäre sie Luft – auch heute musste sie dauernd daran denken …

Vor dem Boot von Nikolas blieb sie stehen. Er saß ganz vorne am Bug und war in ein Buch vertieft.

„Nikolas?“, rief sie in seine Richtung. Er schaute hoch und lachte erfreut, als er sie sah.

„Komm rüber!“, forderte er sie auf. „Na mach schon, das hier ist doch sowieso bald dein neues Zuhause.“

„Und hat er dir schön wehgetan?“, fragte er, als sie an Bord geklettert war.

„Wieso? …“, stammelte Tanja erschrocken. Wieso wusste er, dass Felix ihr wehgetan hatte? Sie hatte ihm doch nichts erzählt von der Szene im Café.

„Na, der Zahnarzt! Du warst doch heute da, oder?“

„Ach so!“ Tanja seufzte erleichtert. „Nein, das war nur zum Checken, alles in Ordnung.“

„Schade! Ich liebe Kiefernoperationen auf hoher See! Am liebsten ohne Narkose!“ Nikolas schaute sie erwartungsvoll an. Tanja nickte geistesabwesend.

Eigentlich hätte jetzt ein gespielter Aufschrei ihrerseits folgen müssen, doch sie fühlte sich heute seltsam traurig.

„Was ist los?“ Nikolas kam auf sie zu.

„Irgendwie schade, dass wir so schnell abhauen. Ich hätte dir gerne noch ein paar Sachen gezeigt.“ Tanja schluckte. Was war nur los mit ihr? Auf einmal war ihr richtig zum Heulen zu Mute.

„Komm her! Was meinst du, was wir für tolle Sachen erleben werden? Ich schwör dir, du wirst vor lauter Abenteuern gar nicht dazu kommen, an Warnemünde zu denken!“

„Das kann ich mir echt nicht vorstellen!“ Tanja schüttelte den Kopf.

„Ich pass schon auf dich auf! Du musst keine Angst haben!“ Nicolas schaute ihr tief in die Augen.

Tanja nickte. Ja, er hatte Recht. Wovor fürchtete sie sich auf einmal? Wahrscheinlich war es einfach die Tatsache, dass nun alles so schnell ging. Und auch wenn es komisch klang, aber sie musste das mit Felix und Bianca erst mal verdauen.

„Ja, stimmt. Wenn du da bist, habe ich auch keine Angst“, versicherte Tanja. „Lass uns ein bisschen spazieren gehen, ja?“

Sie liefen den ganzen Nachmittag herum. Tanja zeigte Nikolas noch die eine oder andere Ecke von Warnemünde und erzählte ihm Geschichten dazu. Spannende Geschichten, wie sie fand, denn sie betrafen ihr Leben.

„Als Kind bin ich immer hergekommen und hab zugeschaut, wie die Fischkutter entladen wurden." Sie waren wieder zurück am Hafen und schlenderten die Mole entlang. Tanja betrachtete die Kutter, die da nebeneinander im Wasser lagen.

„Warte ab, wenn du siehst, wie sie in Havanna die Blue Marlins an Land bringen. Die Biester sind gigantisch groß!"

Tanja lächelte niedergeschlagen. Nikolas verstand nicht, wovon sie redete. Für ihn musste alles groß und weit sein. Aber sie sprach von etwas Kleinem und Kostbarem: dem Gefühl, etwas zu kennen und Entwicklungen mitzubekommen.

„Die meisten Kutter fahren jetzt nur noch mit den Touristen zur Hafenrundfahrt", fügte Tanja wehmütig hinzu.

„Das Einzige, was im Leben konstant bleibt, sind die Veränderungen", verkündete Nikolas unbeeindruckt.

„A propos Veränderung: Ich sollte dann wohl mal packen", wechselte Tanja das Thema und ließ ihren Blick über die Mole gleiten. Es hatte keinen Sinn weiter mit Nikolas zu reden. Sie musste mit dem Heimweh alleine fertig werden. Es war ihr Gefühl und er konnte es nicht verstehen.

Donnerstag, 29. Juni
Ich habe gerade einen Globus gefunden. Den hat Felix mir mal geschenkt. Dort, wo Warnemünde liegt, hat er ein riesiges Herz hingemalt und daneben steht: ‚Die ganze Welt gehört uns, ich liebe dich.' Ich weiß noch, wie wahnsinnig ich mich damals gefreut habe. Felix hatte immer solche Ideen. Er war der beste Überrascher, den ich kenne!

Es ist schon komisch, es gibt so vieles, was ich an Felix immer noch so wahnsinnig gerne habe. Manchmal frage ich mich echt, wie das passieren konnte, dass wir jetzt getrennt sind. Ich meine: Ich werde mit Nikolas weggehen, ich bin auch in ihn verliebt, keine Frage. Aber irgendwie denke ich, dass Nils und Mama doch ein wenig Recht haben: Manchmal ist er einfach total beherrschend. Er entscheidet, wann wir wo hingehen, wann wir Warnemünde verlassen, ja sogar, wann ich meine Freunde sehe. Sowas hat Felix eben nie gemacht. Er hat mir alle meine Freiheiten gelassen, immer.

Tanja warf ihre Klamotten in die Tasche. Sie nahm das Tagebuch und zögerte einen Augenblick. Dann packte sie es in den Rucksack. Den wollte sie erst mal in ihrem Zimmer in der Mühle lassen. Sie war sich nicht hundertprozentig sicher, ob Nikolas ihre Aufzeichnungen nicht heimlich lesen würde. Bei Felix war sie sich immer sicher gewesen, dass er ihr

Buch niemals antasten würde. Aber Vertrauen brauchte eben Zeit. Sie warf noch einen letzten Blick auf den Globus, dann verließ sie das Zimmer.

„Hallo Käpt'n! Hier ist schon mal mein Gepäck. Wo soll ich es verstauen?“ Tanja stand mit ihrer Reisetasche vor dem Boot und schaute Nikolas erwartungsvoll an. Er saß an Deck und war dabei Seile zu knoten.

„Später. Komm her, dann kannst du gleich lernen, wie man einen Palstek knotet.“

„Das kann ich schon!“, erwiderte Tanja stolz und stellte ihre Tasche ab. Sie hockte sich neben Nikolas und nahm sich ein Seil. Langsam und konzentriert fing sie an, den Knoten zu machen und jede ihrer Bewegungen zu kommentieren.

„Erst geht die Schlange hinter den Baum, dann taucht sie in den See …“

„Gib mal her, so wird das ja nie was“, unterbrach Nikolas sie ungeduldig. „Jetzt zeig ich dir mal, wie man das richtig macht.“

Entschlossen nahm er Tanja das Seil aus der Hand, obwohl sie noch nicht fertig war. Sie schaute ihn entgeistert an. Er konnte doch nicht einfach …

„Das war doch richtig!“, wandte sie enttäuscht ein.

„Aber so dauert das viel zu lange!“ Nikolas beendete den Knoten und hielt ihn Tanja vor die Nase. „Siehst du, so macht man das!“

„So machst du das!“, erwiderte Tanja leise.

„Aber du wirst doch zugeben, dass ich Recht hatte: So geht es viel schneller!“ Nikolas warf Tanja einen genervten Blick zu. „Weißt du, wenn man so lange unterwegs ist wie ich, dann kennt man eben alle Tricks.“

„Und ich weiß gar nichts.“ Tanja klang beleidigt. Es war typisch für Nikolas, dass er mit seinem Wissen prahlte und sie daneben wie ein Doofchen wirkte.

„Das habe ich nicht gesagt“, wehrte er sich.

„Aber so behandelst du mich!“ Ihre Worte kamen heftig, viel heftiger, als sie es gewollt hatte.

„Blödsinn. In einigen Dingen habe ich einfach mehr Erfahrung als du. Jetzt sei nicht zickig. Was ist denn mit dir los?“

„Ich weiß nicht …“ Tanja stand auf und ging an die Reling. Mit wehmütigem Blick schaute sie auf die Stadt. Sie wusste nicht, was los war, irgendwas war anders geworden.

„Vielleicht sollte ich doch nicht mitkommen. Das geht alles so schnell …“ Sie stockte.

„Was soll das denn jetzt?“, rief Nikolas. Seine Stimme war laut geworden und er machte einen Schritt auf Tanja zu. „Du willst doch nicht in diesem Kaff bleiben. Guck dir das an, wie miefig und spießig das alles aussieht. Du gehörst in die weite Welt! Oder willst du hier in der Einöde vertrocknen?“

„Das ist meine Stadt, hier wohnen meine Freunde,

das ist meine Welt." Tanja ärgerte sich über Nikolas' überheblichen Tonfall. Wie konnte er so über Warnemünde reden? Er wusste, dass sie sich hier zu Hause fühlte.

„Wir könnten doch auch erst mal hier bleiben", schlug sie vor.

„Wie stellst du dir das denn vor? Soll ich etwa Fotos fürs Warnemünder Heimatblättchen schießen, oder was?"

„Warum versuchst du nicht mal, mich zu verstehen?" Tanja hatte wütend die Augenbrauen zusammengezogen und blickte Nikolas herausfordernd an. Sie wartete auf eine Antwort. Er musste doch wenigstens den Versuch unternehmen sie zu verstehen. Aber er sagte nichts.

Tanja drehte sich um und ging in Richtung Landungssteg. Nikolas stellte sich ihr in den Weg.

„Bleib hier. Es war nicht so gemeint!" Seine Stimme klang hilflos. Er schien wirklich nicht zu verstehen, was Tanja meinte. Sie schaute ihn noch einmal kurz an. Dann ging sie von Bord.

Nein, Nikolas verstand sie nicht. Er fand es vollkommen normal, dass sie sich für ihn veränderte und mit ihm nach Norwegen ging, um mit ihm zusammen zu sein. Aber dass er etwas veränderte, um mit ihr zusammen zu sein, das kam für ihn nicht infrage. Tanja spürte, wie ihr die Tränen über das Gesicht liefen.

Es war ihr erster Streit. Aber er war unvermeidlich. Nikolas wusste immer alles besser. Er hatte immer eine noch bessere Geschichte zu erzählen und ein Abenteuer mehr erlebt. Manchmal wollte sie aber nur so mit ihm zusammen sein und mit ihm gemeinsam etwas entdecken.

Traurig lief sie den Strand entlang. Eigentlich wusste sie gar nicht so genau, wo sie hinwollte. Einfach nur rumlaufen, wieder zu klaren Gedanken kommen. Doch dann entdeckte sie Jola und Nils. Sie waren gerade dabei die Strandkörbe zu streichen. Der kleine Julian buddelte neben ihnen im Sand. Tanja steuerte auf die drei zu.

„Hey Tanja!, rief Jola erfreut.

Tanja schaute Jola mit traurigem Blick an und ließ sich vollkommen kraftlos in einen Strandkorb sinken. Jola setzte sich neben sie und legte ihr den Arm um die Schultern.

„Hey, was ist denn los?", fragte sie und drückte Tanja liebevoll.

Erschöpft ließ Tanja ihren Kopf an Jolas Schulter sinken. Jetzt konnte sie die Tränen nicht mehr zurückhalten.

„Wir haben uns gestritten", schluchzte sie.

„Du und Nikolas?", fragte Jola erstaunt.

„Ja!" Tanja schaute mit verheulten Augen hoch. „Ich glaube, es ist nicht gut, wenn ich mit ihm wegfahre."

„Ich dachte, dass du total in ihn verliebt bist?"

„Bin ich auch", erklärte Tanja weinend. „Aber manchmal ist er mir irgendwie so fremd." Sie drehte sich zu Jola um. Ob sie das verstand? Tanja wischte sich die Tränen von den Wangen. Sie verstand sich ja selbst nicht: Wie konnte man jemanden lieben und gleichzeitig der Meinung sein, dass er einem fremd war?

„Ach, ich weiß auch nicht", stellte sie resigniert fest. „Warum muss mein Leben auch immer so kompliziert sein?"

„Stimmt, du bist der einzige Mensch auf der Welt, der ein kompliziertes Leben hat!", bemerkte Jola frotzelnd. „Guck dir mein Leben an: Da läuft alles wie am Schnürchen!"

Tanja musste beim Weinen lachen. Nein, Jolas Leben war Chaos pur: Julian großziehen, Kohle ranschaffen, irgendwelche Schulabschlüsse nachmachen und mit dem noch chaotischeren Nils eine Beziehung führen. Aber sie wusste wenigstens, wen sie liebte.

„Es ist so verdammt schwierig, die richtige Entscheidung zu treffen!", stieß Tanja verzweifelt hervor.

18.
Mein Zuhause bin ich

Tanja saß bei Jola und Nils auf dem Boot. Es dämmerte schon und langsam konnte man in der Ferne die Stadt erwachen sehen. Es sah wunderschön aus. Aber das konnte Tanja im Moment auch nicht helfen. Sie war völlig fertig. Die ganze Nacht hatte sie mit Jola gequatscht und sich bei ihr ausgeweint, wie man sich nur bei seiner besten Freundin ausweinen konnte.

Allerdings wusste sie immer noch nicht, was sie tun sollte. Wenn sie nicht mit Nikolas nach Norwegen fuhr, würde er alleine fahren und es wäre aus … In dem Moment setzte sich Jola neben sie und reichte ihr eine heiße Tasse Tee.

„Danke!“, murmelte Tanja und schaute Jola kurz an. Dann wandte sie den Blick wieder aufs Wasser.

„Ist das ein herrlicher Morgen meine Meerjungfrauen“, hörte sie plötzlich die muntere Stimme von Nils. Tanja schaute ihn an und versuchte zu lächeln.

„Du siehst ja aus wie das blühende Leben“, spöttelte Nils liebevoll.

„So fühl ich mich auch!“, erwiderte Tanja niedergeschlagen.

„Da hilft nur eins: Nils' Spezialfrühstück: Rühreier und Speck! Na, könnt ihr's schon riechen?"

„Boah, das ist jetzt genau das Richtige: fett und heiß", rief Jola und sprang auf. Sie wandte sich an Tanja. „Soll ich dir eins mitbringen?"

„Nein danke, aber ich habe echt keinen Hunger!"

Als Jola verschwunden war, hockte Nils sich neben Tanja.

„Alles klar?", fragte er sanft.

„Ja, geht schon wieder." Sie machte eine Pause und schaute Nils von der Seite an. „Sag mal, hast du eigentlich in letzter Zeit mal was von Felix gehört?" Sie bemühte sich ihrer Stimme einen beiläufigen Klang zu geben.

„Wie spät ist es denn?"

Tanja runzelte die Stirn. Was hatte die Uhrzeit denn mit Felix zu tun?

„Gleich halb acht", antwortete sie nach einem Blick auf ihre Armbanduhr.

„Dann müsste Felix jetzt bei Leutnant Krafft sitzen und ihm Bescheid sagen."

„Bescheid sagen?" Tanja zog die Augenbrauen hoch. Sie verstand nur noch Bahnhof.

„Weißt du denn nichts von dem Angebot?"

Tanja schüttelte den Kopf. „Was denn für ein Angebot?"

„Na, die haben Felix doch angeboten, doch noch Marineoffizier zu werden. Dann müsste er die

Grundausbildung fertig machen und könnte dann direkt ins Ausland gehen, als Marineattaché oder so. Keine Ahnung."

„Ins Ausland? Als Angestellter der Bundeswehr?" Tanja schüttelte entgeistert den Kopf. Das durfte doch nicht wahr sein. Das hatten sie doch alles schon mal durchgesprochen. Felix wollte gar nicht Offizier werden. Warum ließen die ihn nicht in Ruhe?

„Aber Felix …"

„Felix zieht es ernsthaft in Erwägung", stellte Nils mit ruhiger Stimme fest und schaute Tanja lange an.

Sie biss sich auf die Lippen. Er wollte zur Marine, obwohl er als Berufssoldat nicht glücklich werden würde? Obwohl er wusste, dass er diesen Mist aus Befehlen und Gehorchen niemals aushalten konnte? Sie holte tief Luft.

„Geht er wegen mir weg?"

Nils schaute sie an und strich ihr nur mit der Hand über die Wange. Tanja schluckte, sie brauchte keine Antwort: Sie kannte Felix gut genug, um zu wissen, dass er die Stadt verlassen wollte, die ihn immer an ihr gemeinsames Glück erinnern würde.

In Gedanken versunken ging Tanja den Kai entlang zu Nikolas' Boot. „Hallo!", sagte sie verhalten, als sie hinter Nikolas stand, der gerade dabei war, auf dem Vorderdeck Fotos zum Trocknen aufzuhängen.

„Hi!“, erwiderte er, ohne seine Arbeit zu unterbrechen.

„Ich wollte mich entschuldigen. Tut mir Leid, dass ich gestern einfach so abgehauen bin. War echt bescheuert.“

„Schon vergessen! Komm her!“ Nikolas drehte sich zu ihr um und Tanja ließ sich von ihm in den Arm nehmen.

„Hauptsache, du bist wieder da“, seufzte er. Dann holte er ein Foto von der Leine und zeigte es Tanja: Es war ein Portrait von ihr.

„Guck mal, das ist mir gut gelungen, oder? Wenn wir unterwegs sind, müssen wir unbedingt mal eine Fotosession mit dir machen.“

„Ach Nikolas, das ist alles nicht so einfach, wie du dir das vorstellst!“, seufzte Tanja.

„Doch, es ist ganz einfach. Man muss nur den ersten Schritt gehen. Komm mit, ich zeig dir was.“

Tanja zögerte einen Augenblick. Nikolas dachte echt, sie wäre wieder zurückgekommen und alles wäre wieder im Lot. Dabei wollte sie mit ihm reden – über diese Fahrt, über ihre Gefühle, das Unwohlsein bei dem Gedanken, aus Warnemünde wegzugehen … und überhaupt – über sie und ihre Beziehung.

„Voilà, dein persönlicher Kleiderschrank!“ Nikolas hatte Tanja in die Kajüte gezogen und präsentierte ihr stolz sein Werk: Er hatte ihre Tasche bereits ausgepackt und die Anziehsachen einsortiert.

„Du hast meine Sachen schon ausgeräumt?“ Tanja starrte ungläubig in die Fächer. Er ging davon aus, dass sie mitkam! Ihre Zweifel hatte er überhaupt nicht ernst genommen.

„Ehrlich gesagt hab ich auch gleich ein bisschen aussortiert.“ Er zeigte ihr die Reisetasche. Fassungslos blickte Tanja auf ihre Kleidungsstücke und ein Foto von ihr, Jola und Nils. Das konnte doch nicht wahr sein!

„Was ihr Frauen immer alles an Klamotten mitschleppt, ist unglaublich. Die Hälfte kannste wieder zurückbringen.“ Nikolas lachte Tanja amüsiert an.

„Ich bringe alles wieder zurück. Ich komme nicht mit“, erklärte sie entschlossen und blickte ihm in die Augen. Es fiel ihr schwer, seinem Blick standzuhalten, doch sie wusste plötzlich, was zu tun war. Es gab keine gemeinsame Zukunft!

„Jetzt mach doch nicht so ein Theater!“ Nikolas’ Stimme klang genervt, ganz so, als hätte er es mit einem ungezogenen kleinen Kind zu tun.

„Das ist kein Theater“, entgegnete Tanja ruhig. „Ich werde hier bleiben, im spießigen, kleinen Warnemünde.“ Einen Augenblick sahen sie sich schweigend an. Nikolas schien zu kapieren, dass es ihr bitter ernst war. Er räusperte sich.

„Du hast also doch zu viel Schiss?“

„Das hat damit nichts zu tun!“ Tanja schüttelte traurig den Kopf. „Du lebst in so ner komischen Abenteuerwelt. Bei dir muss alles aufregend sein. Ich kann da nicht mithalten. Wir beide, das passt einfach nicht.“

„Hast du nicht gesagt, wir wären was ganz Besonderes?“ Er versuchte sie zu küssen, doch Tanja schob ihn sanft zurück.

„Es war ja auch schön und was Besonderes … Aber es reicht nicht!“

Nikolas starrte sie an. In seinem Blick lag Unverständnis und gekränkte Eitelkeit.

„Verstehe, okay. Wie du willst“, kündigte er plötzlich an. Sein Tonfall hatte sich verändert. Er klang hart und abweisend. „Ich helf dir beim Packen, dann geht es schneller.“

Er riss ihre Kleidung aus dem Schrank und stopfte sie in die Tasche. „Eigentlich bin ich ganz froh. Wär' hier für zwei Leute sowieso viel zu eng!“

Sein Gesicht war angespannt, die Wangenknochen traten hervor. Tanja wusste, dass sie ihn sehr verletzt hatte und dass er deswegen so übertrieben reagierte.

„So, ich hoffe, ich habe nichts vergessen!“

„Es tut mir so leid“, flüsterte sie.

„Was? Dass ich ohne dich fahren muss? Keine Sorge, ich komm schon zurecht. Alleine noch viel besser.“

„Ich weiß“, flüsterte sie und drehte sich um. Ja, Nikolas würde alleine zurechtkommen. Er brauchte sie nicht.

Freitag, 30. Juni
Es ist aus mit Nikolas. Ich bin echt die Quotenqueen. Schaffe es innerhalb von drei Wochen zwei Männer unglücklich zu machen – und mich selbst.

Nikolas, das war aufregend, aber es konnte niemals gut gehen. Mir ist jetzt auch klar, warum. Wir sind einfach zu verschieden. Nikolas kann mit vielem, was mir wichtig ist, nichts anfangen: Mit der Geborgenheit, die einem gute Freunde geben zum Beispiel und mit dem Gefühl von Sicherheit, das man in einer vertrauten Umgebung hat. Felix bedeutet all das auch sehr viel. Felix! Es ist, als wäre ich aus einem Traum aufgewacht. Nikolas hat mich magisch angezogen, aber dieses tiefe Gefühl, dieses ‚wissen, wo man hingehört', nach Hause kommen und sich auf den anderen freuen – das ist Felix.

Meine Güte, wie konnte ich nur so blind sein? Da suche ich nach dem Glück, nach Abenteuern und habe alles hier: Mein Zuhause bin ich, und ich weiß jetzt, dass ich meine Freunde brauche – und Felix. Und wenn es noch irgendwas zu retten gibt, dann muss ich das retten!

Am Abend machte Tanja sich auf den Weg zur Villa. Jetzt musste Felix aus der Kaserne zurück sein. Doch in der Wohnung war er nicht, alles war dunkel. Eilig fuhr sie zu Biancas Café, aber das war schon geschlossen. Blieb nur noch das ‚Keep off'.

Dort entdeckte sie ihn mit einigen Kumpels vom Bund – und mit Bianca ... Ihr Herz schlug auf einmal schneller und sie zitterte leicht. Eine Weile blieb sie am Eingang stehen, dann nahm sie all ihren Mut zusammen und ging zum Tresen.

„Hi!“ Sie stellte sich neben Felix an die Theke.

„Ach, ich denke, du bist längst in den Flitterwochen“, sagte er in gespielt fröhlichem Tonfall.

„Ich geh nicht mit Nikolas weg, ich bleibe hier“, erwiderte Tanja ernst.

„Wie schön für dich!“ Felix wandte den Blick ab.

„Felix, ich weiß, dass ich mich total mies verhalten habe, aber ...“ Sie stotterte und suchte nach Worten. „Es tut mir so leid, aber ich konnte nicht anders!“

„Du konntest nicht anders“, wiederholte Felix verächtlich. „Dann ist ja alles wieder in Butter!“ Er drehte sich weg.

„Felix!“ Tanja starrte ihn mit Tränen in den Augen an.

„Ja? Soll ich mal zusammenfassen?“, rief er aufgebracht. „Erst schmeißt du mich weg wie ein Spielzeug, mit dem es langweilig geworden ist, und jetzt kommst du hierher und tust so, als sei nichts gewesen?“

„Das ist unfair!“, rief Tanja verzweifelt.

„Das ist unfair? Und wie nennst du das, wenn man seinen Freund von heute auf morgen verlässt, nur weil so ein Lackaffe auftaucht und dir schöne Augen macht?“

„Wir waren uns doch schon so selbstverständlich geworden. Wir haben nichts mehr für unsere Beziehung getan.“ Tanja schrie jetzt fast. Sie war am Ende ihrer Kräfte.

„Natürlich, jetzt bin ich also schuld“, entgegnete Felix heftig.

„Es geht doch nicht um Schuld!“, schluchzte Tanja. „Es geht darum, dass wir beide Fehler gemacht haben.“

„Da machst du es dir aber verdammt einfach. Du willst da weitermachen, wo wir aufgehört haben? Nee, nicht mit mir, Tanja. Ich lass mich nicht von dir verarschen.“ Er drehte sich zur Theke.

„Lass uns irgendwo anders hingehen und reden“, bat Tanja mit erstickter Stimme. „Felix, ich kann nicht mehr“, flehte sie.

„Mensch, kapierst du nicht, dass ich keinen Bock mehr habe?“ Felix blickte sie wütend an.

Tanja brach in Tränen aus und rannte aus dem ‚Keep off‘. Es war aus! Einfach aus! Felix wollte sie nicht mehr sehen.

Samstagnacht, 1. Juli

Ich habe alles kaputt gemacht, Felix hat alles kaputt gemacht. Warum können wir nicht reden? Warum können wir nicht wenigstens versuchen, einander zu verstehen? Ich will ja nicht so tun, als ob nichts gewesen wäre, aber Felix muss doch sehen, dass an un-

serer Beziehung irgendwas nicht mehr gestimmt hat! Er muss doch spüren, dass ich ihn immer noch liebe!

In den nächsten zwei Tagen sah Tanja weder Felix noch Nikolas. Die meiste Zeit war sie zu Hause. Doch heute hielt sie es nicht mehr aus. Sie musste wieder unter Menschen gehen und sich ablenken. Sie wollte nicht daran denken, dass Nikolas heute die Stadt verließ. Sie wollte nicht überlegen, was Felix wohl machte.

Sie ging zum Strand und bat Jola und Nils, dass sie ihnen mit den Strandkörben helfen durfte. Wie eine Wilde fuhr sie dann mit dem Pinsel über die Körbe.

„Tanja?“, unterbrach eine Stimme sie nach einer Weile. Sie schreckte hoch. Das war Felix! Ohne sich umzudrehen pinselte sie weiter. „Ich wollte dir was sagen ...“, hörte sie ihn weiterreden. Plötzlich riss er ihr den Pinsel aus der Hand.

„Bitte!“

„Ey, du kannst doch nicht einfach ...“, protestierte sie und drehte sich zu ihm um. Doch Felix ließ sie nicht ausreden. Er nahm ihr Gesicht in seine Hände und fing an sie zu küssen. Tanja war wie erstarrt, doch dann entspannte sie sich langsam. Sie konnte noch gar nicht fassen, was gerade geschah.

„Ich wollte dir sagen, dass ich dich liebe!“ Felix strich ihr zärtlich über die Wange. In Tanja stieg ein

Gefühl von Wärme, Vertrautheit und Glück auf, wie sie es nur mit Felix erlebt hatte.

„Ach, und da kommst du einfach hierher, küsst mich, und dann ist alles in Ordnung, ja?“, erwiderte sie gespielt zickig. „Was bildest du dir eigentlich ein.“

„Naja, ich dachte … Ich meine, es tut mir Leid …“, stammelte Felix verunsichert. Doch Tanja schlang lachend die Arme um ihn.

„Ich liebe dich doch auch!“

Felix erwiderte ihre Umarmung. Sie ließen sich fallen und wälzten sich wie Frischverliebte im Sand.

„Wir waren wirklich Idioten“, rief Tanja und blickte Felix in die Augen. „Aber jetzt trennt uns nichts mehr. Auch wenn du jetzt viel im Ausland bist. Ich könnte dich besuchen, vielleicht ja auch studieren.“

„Hey, Moment mal!“ Felix drückte sie in den Sand. „Ich habe mir noch Bedenkzeit erbeten, und jetzt kommt es darauf an, was Warnemünde mir für Alternativen bietet.“

Tanja lächelte verschmitzt und küsste Felix zärtlich auf die Wange. „Ist das eine Alternative?“

„Mhm, geht so“, murmelte er mit gespielter Zurückhaltung.

„Okay, wie wäre es damit?“ Tanja küsste ihn zärtlich auf den Mund.

„Schon besser“, antwortete er, runzelte jedoch die Stirn. „Aber ob das reicht?“

„Ich hätte da noch ein paar Vorschläge. Aber die sind nicht jugendfrei“, sagte sie und zeigte auf Julian, der ganz in der Nähe im Sand spielte.

Plötzlich applaudierten Nils und Jola ganz laut neben ihnen. Tanja und Felix sprangen auf, um die Störenfriede ins Wasser zu jagen. Lachend ließen sich die vier schließlich in die Wellen fallen.

Jetzt wird alles gut, dachte Tanja. Und nur so kann ich meinen Weg finden: mit meinen Freunden und mit Felix an der Seite.

DINO im Internet: www. dinoAG.de

DER OFFIZIELLE ROMAN ZUR SERIE

Es ist geschafft! Tanja hat ihren Schulabschluss endlich in der Tasche. Sie findet eine Lehrstelle und zieht mit Felix zusammen. Alles wunderbar, könnte man meinen, aber es ist gar nicht so leicht, erwachsen zu werden. Lust auf Leben, Mut zum Risiko, Zeit für Zärtlichkeit – wie lässt sich das alles unter einen Hut bringen? Nur gut, dass sie ihr Tagebuch hat: Hier schreibt Tanja sich ihre Probleme von der Seele, hier schildert sie ihre Wünsche und Träume …

Der Roman zur erfolgreichen Serie im Ersten